이 한 권의 책을
이 땅의 모든 남성들에게
바칩니다.

〈2〉

서간도의 챠우쉔화(朝鮮花) 여성을 그리며...

챠우쉔화(朝鮮花)는 조선의 독립을 보지 못하고 중국땅에서 죽어간 사람들의 무덤에 핀 노오란 들국화를 현지인들이 애처로워 부른 이름입니다.

아무도 거들떠보지 않는 항일 여성독립운동가들의 발자취를 좇으며 문득 일송 김동삼 선생을 생각했습니다. 만주벌 삭풍 길을 뚫고 새로 맞이한 며느리를 보러 굽이진 길을 헤매셨을 선생을 며느님이신 이해동 여사께서는 평생에 세 번뿐이 뵙지 못했다고 회상합니다.

어느 추운 겨울날 바람처럼 잠시 들렀다가 독립운동의 길을 위해 떠나신 만주호랑이 시아버님께 쌀밥 한 그릇 못 해 올린 것이 죄스럽다며 울먹이는 여사님은 개인으로서가 아니라 이 땅의 독립운동가 집안 여성의 처지를 대변하는 이야기입니다.

"군인들이 싸우느라 먹는 것조차 잊으면 부인들이 울면서 '만일 이 음식을 먹지 않으면 우리는 죽어도 가지 않겠다' 하면서 기어이 먹게 하기도 하였다. 이 전투에서 부인들의 이 같은 위로는 독립군의 용기를 백배로 키웠다. 부인들은 교전 시에 무기 운반 또는 왜병의 무기창고에서 무기를 탈취하는 일 등을 수행하기도 하였다. 이처럼 독립 쟁취를 위한 남녀 상호간의 협조 노력은 우리 민족이 어떤 고난 속에서도 이겨낼 수 있는 역량 있는 민족임을 보여주는 것이었다."

　　　　　　　　　　　　　　-〈독립운동사〉 '대중투쟁사' 가운데-

이들 말 없는 여성독립군들은 그러나 역사책 어느 한 줄에도 남아 있지 않습니다. 그나마 훈·포장을 받은 분들은 이해동 여사보다는 낫습니다.

이해동 여사와 함께 이번 〈2권〉에서 다룬 허은, 이은숙, 이화림, 변매화 애국지사는 누구보다도 열심히 조국의 광복에 헌신했지만 국가로부터 훈·포장을 받지 못한 분들입니다. 훈·포장을 받은 남성들이 12,000여 명인데 견주어 여성은 204명(2011년 12월 현재)뿐 입니다. 단순한 수치만으로도 여성이 얼마나 역사의 조명에서 비켜나 있는지 알 수 있습니다.

사정이 이러하다 보니 여성 독립운동가에 대한 자료가 턱없이 부족합니다. 자료 부족 속에서 이번 〈2권〉을 집필하는데 많은 어려움이 따랐습니다. 그럼에도, 이 작업을 계속하는 까닭은 이러한 여성독립운동가들에 대한 이야기를 통해 암울한 시대를 꿋꿋이 살아 낸 여성들의 삶을 이해하고 이분들의 나라사랑 정신을 우리가 보고 배웠으면 하는 바람이 있기 때문입니다.

또 하나 고백할 게 있습니다. 이번에 〈서간도에 들꽃 피다〉 〈2권〉을 낼 수 있었던 것은 전적으로 인쇄비에 보태라고 십시일반으로 도운 여러분의 힘이 있었기에 가능한 일이었습니다. 원고 뭉치를 들고 백방으로 뛰어다녀봤지만 선뜻 이 책을 찍어 준다는 곳은 나타나지 않았습니다.

힘든 이 작업에 용기를 주시고 물심양면으로 도와주신 여러 선생님께 이 자리를 빌려 깊이 감사드리며 그 고마운 이름을 이 책 끝에 이름 석 자로 남깁니다. 이번 〈2권〉은 오로지 이분들의 정성으로 엮어진 것입니다.

앞으로 〈2권〉에 다 싣지 못한 여성 훈·포장자 164명과 이름도 없이 서간도의 챠우쉔화(朝鮮花)로 남은 여성들에 대한 작업이 끊어지지 않고 이어질 수 있도록 많은 격려와 지원을 부탁드립니다.

서간도의 이름 없는 챠우쉔화(朝鮮花)를 그리며
임진년 새해 아침 한꽃 이윤옥 사룀

차 례

(가나다순)

신사참배를 끝내 거부한 마산의 자존심 - **김두석**　11

잠자는 조선여자 깨워 횃불 들게 한 - **김마리아**　19

희망의 조선 혼을 심어준 애국교육자 - **김순애**　29

종로경찰서에 폭탄 던진 김상옥 어머니 - **김점순**　37

남에는 유관순, 북에는 - **동풍신**　45

역사학자 신채호의 동지이자 아내 - **박자혜**　53

대한민국임시정부 의정원 홍일점 여장부 - **방순희**　61

안성 기생의 으뜸 나라사랑 - **변매화**　69

빗창으로 다구찌 도지사 혼쭐낸 제주 해녀 - **부춘화**　75

열여섯 여자 광복군 용인의 딸 - **오희영**　83

어린 핏덩이 내동댕이친 왜놈에 굴하지 않던 - **이애라**　91

가슴에 품은 뜻 하늘에 사무친 - **이은숙** 97

만주 호랑이 일송 김동삼 며느리 - **이해동** 105

김구의 한인애국단 핵심 윤봉길·이봉창과 - **이화림** 115

조선 여성을 무지 속에서 해방한 - **차미리사** 125

심훈의 상록수 주인공 안산 샘골 처녀선생 - **최용신** 133

여성을 넘고 아낙의 너울을 벗은 한국 최초 여기자 - **최은희** 141

이화동산에서 독립정신을 키운 호랑이 사감 - **하란사** 149

아직도 서간도 바람으로 흩날리는 들꽃 - **허 은** 157

불멸의 독립운동 여류 거물 - **황애시덕** 167

부록 173

참고자료 180

표지 캘리그라피 - 이무성 화백

신사참배를 끝내 거부한 마산의 자존심

김두석

배달겨레 단군의 나라
그 자손들 오순도순 사는 곳에
늑대 탈 뒤집어쓴 왜놈 나타나

아마테라스 천조대신 믿으라
고래고래 소리 내지르며
조선 천지에 신사를 만들더니
고개 조아려 모시지 않는다고
마구잡아 가두길 벌써 여러 해

제 조상 귀하면 남의 조상도 귀한 법
목숨은 내놓아도
조상신은 못 바꾼다 번번이 호통 치매
돌아 온건 감옥소 차디찬 철창신세

학교도 쫓겨나고 직장도 없이
늙은 어머니 굶주려도
홀로 정한 양심의 서릿발에 추호의 흔들림 없이
지켜낸 신사참배 거부

민족 자존심 높은 마산의 잔다르크
그의 공적 돌비석에 없지만

그 이름 석 자 속엔 이미
북두(北斗)의 우뚝함 새겨져 있어
천추에 기억되리
그 곧은 절개.

김두석(金斗石, 1915.11.17-2004.1.7)

"우리는 아침 궁성요배로부터 정오묵도에 이르기까지 그들과 정면충돌하였다. 다른 죄수들은 규칙에 따라 아침 시간에는 일어나 동쪽을 향하여 일본 천황에게 절하고 정오 12시에 사이렌이 울리면 일제히 일어나 머리를 숙여 나라를 위해, 죽은 영령들을 위해 묵념을 올리는데, 나는 그와 반대로 꿇어앉았다"

김두석 애국지사의 증언대로라면 이는 죽음을 불사한 행동이다. 모두 다 같이 한 곳을 향해 충성을 맹세하는데 혼자만 반대 방향으로 돌아앉았으니 왜놈 순사 눈에서 불꽃이 튀길만하다. "네 이년, 불경스럽다. 궁성을 향하지 못할꼬" 큰 칼 찬 왜놈의 붉으락푸르락하는 모습이 눈에 선하지만 우리의 김두석 애국지사는 호락호락 궁성요배에 응하지 않았다. 그것도 무려 5번이나 신사참배거부로 감옥을 드나들었으니 가히 그 높은 기개는 일반인이 흉내 낼 수 없는 절개다.

신사참배 거부로 김두석 애국지사는 마산의 민족학교인 의신여학교 교사 자리를 박탈당했다. 그뿐만이 아니다. 이 일로 인해 요시찰 감시 대상 인물이 되어 다섯 차례에 걸친 구금이 이어졌고 11개월간 모진 옥고를 치러야 했다.

〈평양에서 고향 마산으로 돌아온 지 일주일이 지나자 마산경찰서에서 호출이 왔다. 요주의 인물이라고 감시 중인 모양이었다. 나는 어머니와 함께 마산경찰서로 갔다. 어머니는 경찰서 마당에 계시고 나는 고등계 형사실로 불려갔다. 형사가 물었다.
"평양 유치장엔 며칠 있었나?"
"28일간 있었다."
"그동안 고생이 많았다. 그런데 지금 신사참배 문제를 어떻게 생각하나?"

"지금도 역시 마찬가지 생각이다. 신사참배를 할 생각은 추호도 없다."

이 말을 하자마자

"이년의 소지품을 여기 두고 유치장으로 데려갓."이라는 불호령이 떨어졌고 에또(江藤)라는 간수가 내가 앉았던 의자를 빼내 하마터면 마룻바닥에 내동댕이쳐질 뻔했다. 나는 바로 안이숙 선생님께 받은 여름 핸드백과 언니에게 받은 팔목시계와 꽃양산을 압수당하고 간수 손에 끌려 유치장으로 들어갔다〉

《신사참배 거부 항쟁자들의 증언》에서 김두석 애국지사는 이렇게 말했다. 평양, 마산, 부산 등 이르는 곳마다 요시찰 인물이 되어 걸핏하면 경찰서에 불려갔으나 그때마다 신사참배 거부 의지는 꺾이는 게 아니라 더욱 강해졌다. 그의 체포는 해방을 앞둔 1년 전인 1944년 9월에도 있었는데 죄목은 한결같이 신사참배거부와 배일행위였다. 이때는 부산지법에서 무려 징역 3년의 실형을 선고받고 대구형무소에서 복역 중이었는데 다행히 해방을 맞아 풀려났던 것이다.

일제에 굴하지 않고 겨레의 자존심을 지킨 김두석 애국지사는 정부의 공훈을 인정받아 1990년 건국훈장 애족장을 받았다.

조선땅 곳곳에 신사를 만들어라!

일본의 기독교 탄압 중에서 악명 높았던 것은 바로 "후미에(踏み絵) 사건"이다. 이는 말 그대로 예수 그림을 땅에 놓고 밟고 지나가도록 해서 신자와 비신자를 가려 처벌하던 것이다. 1612년 도쿠가와이에야스(德川家康)의 에도막부(江戸幕府)는 기독교 금지령을 선포하고 이에 불응하는 신자들을 무자비하게 처형했다. 기독교 탄압은 명치정부(1873년)에 이르러 중지되었으니 실로 261년간 무자비한 종교 탄압이 자행된 셈이다.

이런 전력이 있어서일까? 조선을 무단으로 빼앗은 일제는 자신들의 조상신인 천조대신(天照大神, 아마테라스오오카미)을 조선인들이 섬기도록 강요했다. 일본 거류민을 대상으로 국내에 처음 들어온 신사(神社)제도는 조선총독부가 설치되면서 조선인에게 천황제 이데올로기를 주입시키는 기반으로 확대되었다. 총독부는 1915년 '신사사원규칙'(神社寺院規則)과 1917년 '신사에 관한 건'을 잇달아 공포하여 한국에 들어온 모든 신사의 정비와 증대를 꾀했다. 이를 바탕으로 1925년에는 조선신사가 조선신궁(朝鮮神宮)으로 이름이 바뀌었다.

1931년 만주 침략에 이어 1937년에는 중일전쟁을 일으키는 과정에서 대륙침략정책의 발판을 조선에 두고 일본과 조선이 하나라는 이른바 내선일체를 표방한 황민화정책을 강력히 추진하였는데 신사참배는 그중 가장 기본적인 정책이었다. 1930년대 중반부터 국민의 사상통제가 본격화되어, 신사 중심으로 애국반이 만들어지고 신사참배, 궁성요배, 일장기 게양, '황국신민서사'(皇國臣民誓詞) 제창, 근로봉사의 월례행사가 강요되었다.

7대 조선총독 미나미(南次郞)는 당치도 않은 국체명징(國體明徵, 천황중심 국가체제를 분명히 하는 일)을 내세워 겉 다르고 속 다른 내선일체(內鮮一體)를 주장했다. 그러면서 조선 전역에 1면(面) 1신사(神社)의 설치를 강행하여 일제의 기관원들뿐만 아니라 일반 조선인들에게까지도 신사 참배를 강요하게 되니 이로써 우리 동포들이 받은 정신적 타격이란 이루 말할 수 없었다. 기독교인들은 교리에 어긋남을 이유로 신사 참배를 거부하고 나섰으며 그 결과로 1938년 2월까지 장로교 계통의 9개 중학교와 9개 소학교가 폐쇄당했고 2천여 명의 교인이 옥고를 겪었으며, 2백여 개소의 교회가 폐쇄 처분을 당하게 되었던 것도 이 무렵의 일이었다.

또한, 각 가정에 신붕(神棚, 가미다나 곧 신전) 설치, 신궁의 부적 배포가 강제로 이루어졌다. 그리고 경찰서 안에 감시대를 조직하고 애국반 안에 밀정조직을 만들어 이를 감시하게 했다. 한편, 1936년 8월 신사제도 개정에 대한 칙령이 발표되어 황민화정책의 상징으로서 신사제도가 행정구역별로 재정비·신설되었다. 이에 따라 1936년에 524개였던 신사가 1945년에는 1,062개로 급증했다. 그러나 이러한 일제에 항거하여 김두석 애국지사를 비롯한 수많은 조선인은 신사참배를 거부하며 식민지통치에 맞서 저항했다.

이는 단순한 신사라는 시설에 대한 참배 거부를 뜻하는 것이 아니다. 신사참배 거부는 일본인의 조상을 모실 수 없다는 조선인의 자존심이자 겨레 혼을 지키려는 철학이 밑받침되었던 역사적인 거대한 저항 운동이었음을 이해해야 할 것이다.

참고로 인천신사는 1916.4.24, 강원신사는 1918.3.11, 대전신사는 1917.6.11. 원산신사는 1882.5.23, 용두산신사는 1917.7.10, 마산신사는 1919.6.23일에 각각 세워졌다. 일제는 이러한 시설을 온나라 곳곳에 세워놓고 조선인들에게 참배를 강요했으며 거부하는 자들을 감옥에 가뒀다.

▲ ①강원신사 ②대전신사 ③원산신사 ④인천신사 ⑤마산신사 ⑥용두산신사

잠자는 조선여자 깨워 횃불 들게 한
김마리아

황해도 연안 서남쪽 포구
몽금포 해변의 반짝이는 은모래빛 벗하며
소래학교에서 꿈을 키우던 가녀린 소녀

서른넷에 돌아가신 아버님 뜻 잇고
세 자매 교육에 정성들인 어머님 의지 받들어
학문의 높은 문을 스스로 열어젖힌 억척 처녀

흰 저고리 고름 날리며
일본 칸다구 조선기독교청년회관에 모여
칼 찬 순사 두려워 않고
2·8 독립의 횃불을 높이든 임이시여!

그 불씨 가슴에 고이 품고
현해탄 건너 경성 하늘 아래
모닥불 지피듯 독립의지 불붙이며
잠자는 조선여자 흔들어 깨워
스스로 불태우는 장작이 되게 하신 이여!

배워야 나라를 구한다며
자유의 여신상 횃불을
높이 치켜들고

뼛속 깊이 갈망하던 독립의 밑거름되어
상하이 마당로 독립군 가슴에
수천 송이 무궁화로 피어나신 이여!

세상을 구원한 예수의 어머니 동정녀처럼
닭 우는소리 멈춘 동방의 조선땅에
인자한 마리아로 나투시어
미혹의 나라를 밝히고
온 세상에 조선을 심은
한 그루 떨기나무 그 이름 김마리아

그대
무궁화동산에서 영원히 지지 않으리.

김마리아(金瑪利亞, 1892.6.18-1944.3.13)

"국내의 일반 인민은 상하이에서 임시정부가 설립되었다는 말을 듣고 소수인의 조직이거나 인물의 좋고 나쁨을 불문하고 다 기뻐하여 금전도 아끼지 않고 적(敵)의 악형도 무서워하지 않았다. 설혹 외지에서 임시정부를 반대하던 자라도 국내에 들어와서 금전을 모집할 때에는 다 임시정부의 이름을 파는 것을 보아도 국내 동포가 임시정부를 믿는 증거이다. 임시정부를 안 팔면 밥도 못 얻어먹는다. 적은 가끔 임시정부의 몰락을 선전하여도 인민은 안 믿는다. 소수로 됨은 혁명 시에 피할 수 없는 일이요, 인물은 변경할 수도 있다. 그렇지만 수만의 유혈로 성립되어 다수 인민이 복종하고 5년의 역사를 가진 정부를 만일 말살하면 소수는 만족할지 모르나 대다수는 슬퍼하고 외인(外人)은 의혹한다. 잘못된 것이 있으면 개조하자."

위는 1923년 1월부터 5월까지 중국 상하이에서 국민대표회의가 열렸을 때 김마리아 애국지사가 대한애국부인회 대표로 참가해서 주장한 내용이다.

김마리아 애국지사는 황해도 장연 출신으로 아버지 김윤방(金允邦)과 어머니 김몽은(金蒙恩)의 셋째 딸로 태어났다. 증조할아버지와 할아버지가 모두 독자여서 손자를 빨리 보고 싶어 해 아버지 윤방을 아홉 살 연상인 몽은과 결혼 시켰는데 이때 아버지 나이 9살 때였다. 그러나 기대와는 달리 태어나는 아이 셋이 모두 딸이었다. 당시 대갓집에서는 독선생을 불러 사랑방에 서당을 차려 아이들을 가르쳤는데 김마리아도 위의 언니 둘과 삼촌, 고모와 함께 '천자문' '동몽선습'들을 배우며 학문에 눈떠갔다. 그러나 김마리아가 세 살 먹던 해에 34살이던 아버지가 갑작스럽게 죽는 바람에 과부가 된 어머니는 99칸 종갓집 맏며느리 자리를 뒤로하고 세 딸의 교육을 위해 따로 이사하는 열성을 보였다.

황해도 연안의 서남쪽 포구에 세운 소래학교는 광산 김씨 집안이 세운 우리나라 최초의 학교로 이곳은 최초의 기독교 전래지이기도 하다. 어린 나이에 아버지를 여의고 어머니의 남다른 가정교육을 받고 자라던 김마리아는 소래학교에 입학한 지 여섯 달 만에 상급생을 통틀어 전교에서 1등으로 뽑힐 만큼 총명했으며 2등은 고모인 김필례가 차지했다. 딸들에 대한 사랑과 교육에 남다른 열정을 보이던 어머니는 김마리아가 14살 되던 해 겨울 세상을 떠났다.

어머니는 "세자매 가운데 마리아는 기어코 외국까지 유학을 시켜 달라."라는 유언을 남겼고 이후 마리아는 애국지사들이 드나드는 서울의 삼촌 집에 머물면서 애국사상을 싹 틔운다. 15살이던 1906년 큰 삼촌의 주선으로 이화학당에 입학하여 기숙사 생활을 시작하였으나 두 언니와 고모가 연동여학교(현, 정신여자중학교)에 다니던 때라 삼촌에게 졸라 연동여학교로 옮기면서 학업에 열중하였다.

1910년에 졸업 뒤 광주 수피아여학교에서 3년간 교사를 지냈고, 1913년 모교인 정신여학교로 전근한 이듬해 일본으로 유학하였다. 일본 히로시마(廣島)의 긴조여학교(錦城女學校)와 히로시마여학교에서 1년간 일어와 영어를 배운 뒤, 1915년에 동경여자학원 대학 예비과에 입학하였다. 1918년 말 동경유학생 독립단에 들어가 황애시덕 등과 구국동지가 되었다.

1919년 2·8독립운동에 가담, 활약하다가 일본경찰에 붙잡혀 조사를 받은 뒤 풀려났는데 이때 조국광복을 위해 한 몸을 바치겠다는 굳은 결심을 했다. 이에 스스로 졸업을 포기하고 〈독립선언서〉10여 장을 베껴 변장한 일본 옷띠 오비 속에 숨기고 차경신 (車敬信) 등과 2월 15일에 부산에 입항했다. 귀국 뒤 대구·광주·서울·황해도 일대에서 독립의 때를 놓치지 않도록 여성계에서도 조직적으로 궐기를 할 것을 촉구하는 등 3·1운동 사전준비운동에 온 힘을 쏟았다.

황해도 봉산에서 숨어서 만세운동 활동을 한 뒤 3월 5일 서울 모교를 찾아갔다가 일본형사에게 붙잡혔다. 모진 고문을 당하면서도 "아무리 나를 고문한다 해도 내 속에 품은 내 민족, 내 나라 사랑하는 마음은 너희가 빼내지 못할 것이다."라면서 당당히 맞섰는데 머리를 심하게 내리친 고문 탓으로 코와 귀에 고름이 생기는 병에 걸렸고 심한 두통과 신경쇠약을 평생 달고 살아야 했다.

〈보안법〉을 위반 했다는 죄목으로 서대문형무소에서 다섯 달 동안 모진 고문을 받으며 옥고를 치렀다. 그해 8월 5일 석방 뒤 모교에서 교편을 잡으면서 여성항일운동을 떨쳐 일으키려고 기존의 애국부인회를 바탕으로 하여, 9월 대한민국애국부인회를 다시 조직하고 회장으로 추대되었다.

절대독립을 위한 독립투쟁의 중요 임무를 맡을 준비와 임시정부에 군자금 지원에 온 힘을 쏟던 중, 11월 말 애국부인회 관련자들과 함께 다시 붙잡혔다. 그는 심문에서 "한국인이 한국독립운동을 하는 것은 당연하다.", "일본 연호는 모른다."는 등 확고한 자주독립정신을 보였다. 3년형 판결을 받고 복역 하다가 병보석으로 풀려나와 서울 성북동 보문암(普門庵)에서 요양 중 변장으로 인천을 탈출, 상해로 망명하였다. 상해에서도 상해애국부인회간부, 의정원 의원으로 활약하였으며, 수학을 계속하기 위해 중국 난징(南京)의 금릉대학(金陵大學)에 입학했다.

또한, 1923년 6월에 미국으로 건너간 김마리아 애국지사는 1924년 9월 파크대학 문학부에서 2년간 공부하고, 1928년에는 시카고대학 사회학과에서 수학, 석사학위를 받았으며, 1930년에는 뉴욕 비블리컬 세미너리에서 신학을 공부하였다. 한편, 이곳에서 황애시덕·박인덕 등 8명의 옛 동지들을 만나 동지들과 근화회(槿花會: 재미대한민국애국부인회)를 조직하여 회장으로 추대되었다. 이로써 재미한국인의 애국정신을 드높이고 일제의 악랄한 식민정책을 서방국가에 널리 알렸다.

1935년 귀국하여 원산에 있는 마르타윌슨신학교에서 신학 강의를 맡았는데 종교모임과 강론을 통해 민족의식을 드높이고, 신사참배를 거부하는 등 지속적으로 항일투쟁을 펼치다가 고문 후유증으로 건강이 악화하여 해방을 1년 앞두고 눈을 감았는데 주검은 그의 유언에 따라 화장한 뒤 대동강에 뿌려졌다.

정부는 고인의 공훈을 기려 1962년 건국훈장 국민장을 추서하였고 1998년 7월에는 이달의 독립운동가로 뽑아 그의 높은 나라사랑 정신을 되새겼다.

▲ 마르타윌슨여자신학원 재직시절(1932~1941), 앞줄 왼쪽 첫째

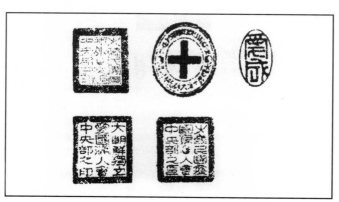

▲ 대한민국애국부인회 인장들(사진제공 연동교회)

〈더보기〉

"연동교회와 여성애국지사"

1920년 5월 19일 자 동아일보 기사에 '대구감옥소 김마리아 위독' 이라는 제목의 기사가 보인다. 이에 따르면 "대한애국부인단 수령 김마리아는 작년 9월에 체포된 후로 여러 달 동안 옥중에서 신음한 결과 영양이 불량하여 병이 나서 그동안 미음과 우유만으로 겨우 목숨을 이어가더니 근일에는 병세가 더욱 심층하여 미음도 먹지 못하고 아무것도 먹지 못하게 되었으며 벌써 이틀 동안이나 절식을 하였다는데 생명이 위태하다하더라" 는 보도로 보아 건강 상태가 아주 안 좋았음을 알 수 있다. 병이 악화하자 병보석으로 풀려나와 몸을 추스른 뒤 1921년 상하이로 망명하여 그의 독립운동은 새로운 국면을 맞이한다.

김마리아 자료 수집을 하는 도중 서재에 꽂혀있는 〈사진으로 보는 연동교회 110년사〉라는 책이 눈에 번쩍 들어왔다. 이것을 산 것은 10여 년 전쯤으로 기억하는데 청계천 헌 책방가를 서성일 때 이 책이 눈에 띄었다. 교회에 다니는 것은 아니지만 '110년' 이라는 시간에 시선이 집중되었다. 그렇다면, 구한말의 분위기를 알 수 있을 것 같은 생각에 선뜻 샀는데 이 책에는 김마리아를 비롯하여 연동교회 출신의 쟁쟁한 애국독립지사들의 흑백사진이 즐비했다. 요즈음 구할 수 없는 귀한 사진이었다.

이 책을 만든 이는 고춘섭 장로로 얼마 전 종로의 연동교회에서 김마리아 사진 자료를 구하려고 찾아 뵌 적이 있는데 독립운동사에 남다른 관심과 열성을 가진 분이셨다. 월남 이상재 선생, 이준열사 등 쟁쟁한 애국지사가 다니던 교회라 그런지 교회 자체 내에 연동교회 역사자료관을 마련하여 고춘섭 장로 자신이 직접 이곳을 찾는 사람들에게 친절한 설명을 해주고 있었다. 경신중학교 교장 출신인 고춘섭 장로는 〈연동교회 애국지사 16인 열전, 543쪽, 2009.12〉에서 연동교회 출신의 애국지사 면모를 소상히 밝혀 놓았다. 그 가운데 대한민국애국부인회 소속 6명을 소개하면 다음과 같다. 모두 독립운동사에서는 잊을 수 없는 쟁쟁한 분들이다.

  1) 오현관 : 혈성단애국부인회 창립 총재
  2) 김마리아 : 대한민국애국부인회 회장
  3) 이혜경 : 대한민국애국부인회 부회장
  4) 김영순 : 대한민국애국부인회 서기
  5) 신의경 : 대한민국애국부인회 서기
  6) 장선희 : 대한민국애국부인회 재무부장

그뿐만 아니라 애국부인회 일에 관여하면서 조선여자기독교청년회(YMCA)를 창립한 김필례 여사도 연동교회 출신이다. 김필례 여사는 김마리아의 고모이기도 한데 김마리아 집안은 둘째 가라면 서러울 만큼 쟁쟁한 독립운동가들을 많이 배출한 집안으로도 유명하다. 독립유공자로 추서 받은 사람만도 김필순(우리나라 최초의 의사, 신흥무관학교 자금 지원), 서병호(대한적십자사 창설), 김순애(상해애국부인회 대표), 김규식(상해임시정부 초대 외무총장), 서재현(상해 한인청년당 창당) 등으로 이들은 독립운동사에 빛나는 이름을 남기신 분들이다.

▲1910년 이전 연동소학교에 걸렸던 태극기 앞에서 친절한 안내를 해주신 고춘섭 장로님과 함께.

희망의 조선 혼을 심어준 애국교육자
김순애

조선역사를 가르치지 마라
왜놈들 순사 세워 감시해도
초량동 하숙집 다락방 깊은 곳에 숨어
민족혼을 심은 임이시여

상하이 뒷골목
독립군 어린 자식 거두어
한 그루 푸른솔을 심은 뜻은
반만년 역사의 뿌리를 내리려 함이었네

동포의 끔찍한 간도 참상을 듣고
그들을 앞장서 도운 이도 임이요
미국 동포에게 손을 내밀어
함께 투쟁의 길 독려한 이도 임이었으니

아!
조선, 중화 천지에
임의 손길 닿지 않은 곳이 어디며
임의 발길
임의 사랑 머물지 않은 곳이 그 어디랴!

김순애(金淳愛, 1889.5.12-1976.5.17)

"대한민국애국부인회는 귀회의 건강과 행복을 먼저 축하하오며 거리가 가깝지 못함으로 인하여 우리의 정신이 같고 목적이 같은 동지면서 피차 지금까지 서로 통신과 연락이 없었음은 실로 유감으로 생각하는 바이올시다. 그러므로 지금 귀회에 통지하옵고자 하는 바는 상해애국부인회를 조직하여 회원이 60여 명이오, 그간에 몇 가지 진행한 일이 있사오며 앞으로 더욱 원만히 진행할 방침을 연구하여 우리의 죽었던 국가를 다시 살게 하는데 전심을 갈구하며 이에 필요한 것은 서로 필요한 연락이외다. -후략-"신한민보 1919.8.14일 자 상해애국부인회장 김순애"

위는 김순애 애국지사가 상해애국부인회 회장으로 있을 때 미주지역 여자애국단에게 보낸 편지이다. 초고속 인터넷이나 팩스 등이 없던 시절 서로 연락조차 취하기 어려운 형편 속에서 펼친 나라 사랑 정신이 잘 드러나는 편지글이다.

김순애 애국지사는 1889년 5월 12일 황해도 장연에서 아버지 김성섬(金聖蟾)과 어머니 안성은(安聖恩)사이에서 태어났다. 대한애국부인회의 김마리아는 그의 조카이다. 고향에서 송천소학교를 마친 김 애국지사는 1909년 6월 기독교계 학교인 정신여학교(貞信女學校)에 진학하여 학업을 마친 뒤 부산의 초량소학교에서 교편을 잡고 학생들에게 민족의식을 일깨우는 등 교육운동에 온 정성을 쏟았다. 1910년 나라가 강제 병합되자 학생들에게 조선의 역사와 지리를 몰래 가르치다가 왜경의 감시를 받게 되고 탄압이 더욱 심해지자 신변의 위협을 느끼고 의사로 일하고 있던 오빠 김필순(金弼淳)과 함께 1912년에 만주 통화현으로 망명하였다.

망명한 중국땅에서도 김 애국지사는 활발한 독립운동을 쉬지 않고 펼쳤는데 상해로 옮긴 뒤에는 상해지역 부녀자들을 규합하여 '대한애국부인회(1919년 6월)'를 조직하고 회장에 선출되어 국내외 여성단체의 연계와 부녀자 계몽, 태극기 제작, 보급 등 애국심을 북돋는데 앞장섰다. 또한, 이듬해 1월에는 한인 동포들의 자치와 친목단체인 '대한인거류민단(大韓人居留民團)'의 간부(의원)를 맡아 독립운동을 비밀리에 도왔다. 또 같은 시기에 손정도·김구·윤현진 등과 함께 임시정부의 외곽단체인 의용단(義勇團)을 조직하고 〈독립신문〉의 배달과 독립사상 드높이기, 임시정부의 독립공채 모집, 독립운동 자금 모집 등의 활동을 펼쳐 임시정부를 적극적으로 지원하였다.

1926년 7월에는 안창호·엄항섭·송병조 등과 함께 임시정부경제후원회를 발족하여 세탁과 바느질 등 온갖 궂은일을 하며 자금을 모아 임시정부에 보냈다. 또 1930년 8월에는 김두봉의 처 조봉원 등과 함께 상해지역의 젊은 부녀자들을 중심으로 '상해한인여자청년동맹'을 결성하여 좌파 여성운동 세력을 견제하였다. 1940년 임시정부가 중국 국민정부를 따라 중경(重慶)으로 옮겨가고 여러 계파가 힘을 모아 통합 한국독립당을 만드는 등 중국의 항일전쟁에 부응하여 임시정부를 비롯한 여러 독립운동 조직들이 재정비되었는데 이때 중경에 있던 각계 한인 여성 50여명을 임시정부 집무실로 초빙하여 애국부인회 재건대회를 열었다.

1943년 5월에 한국의 신탁통치 문제가 중국 신문에 거론되자 한국독립당과 조선민족혁명당 등 5개 정당 단체의 대표와 함께 '재중국자유한인대회'를 열고 애국부인회 대표자격으로 이 대회에 참가하여 한국의 완전 자주독립, 외국의 공동관리나 보호 반대를 드러내 밝혔다. 또한, 1945년 3월 임시정부 회계검사원 검사위원으로 일하며 임시정부의 재정운영을 맡아 일하다가 감격의

광복을 맞이하였다. 1945년 11월 23일 김구·김규식 등 임시정부 요인들과 함께 귀국한 이래 일제의 탄압으로 폐교된 정신여중·고의 재건을 위해 노력하였으며, 1956년에는 정신여중·고 재단 이사로 취임하는 등 교육운동에 온몸을 바쳤다.

　정부는 김 애국지사의 공훈을 기려 1977년 건국훈장 독립장을 추서하였고 1997년 6월에 이달의 독립운동가 인물로 뽑아 그의 애국정신을 널리 알렸다.

◉상해녀자애국단이 미쥬녀자애국단에게

경제냐 샹회에 잇는 대한 인국부인회는

귀회의 건강과 힝복을 몬저 츅샹하오며 거긔에

갓갑지 못함을 인하여 우리의 졍신이 갈고

목덕이 갓운 동지로 피차에 지금가지 셔로

신파 면락이 업슴은 실로 젹지안은 유감으로

싱각하는바이 올시다 그럼요로 지금 귀회에 통

지하옵고져 하는바 샹회에 인국부인회가 임의

조직되여 회원이 六十여이오 그간에 몃가지로

진힝의 는일이 잇사오며 이 압흐로 더욱 원만

히 진힝할 방침을 연구하야 우리의 쥭엇든

국가를 다시 살게하는데 젼심 갈력하고져 하

는 둥으로 셔다른 밧게 필요한것은 우리 인국

부인회가 어느 곳에 조직 되엇든지 몬저 셔로 면

락하기를 간졀히 원하오며 아못쪼록 갓은 목

덕에 가흠은 바오침을 써셔셔 뜻ᄉ가지 진힝하기를

바라나이다 뜻는바에 대한 인국부인회가 쳐쳐에

셔 일력곳으로 조직되여 혹 엇엇던 곳에는 젹十자

회ᄉ가지 임의 조직되엇다는바을 떡고 심히 반

가워하는 바이오며 본회 뇌에도 젹十자회가 조직되

여 지금 련습 공부하는 둥이 올시다 우리 대한

부인회 갓온대 젹十자회가 심히 필요한것은

임의 짐작하시고 여긔 대하여 경영이 만흐줄

아오며 귀회의 진힝ᄒ 방침을 비회에 통지하여셔

로 련락하는씩에 만 흔 유익과 도음이 피차에 잇

을줄 확신하옵고 귀회의 의향을 둣기 바라나,

대한민국 元年 六月 日

샹회 대한 인국부인회댱

김순애

▲ 1919년 상해대한애국부인회 김순애 회장이 미주여자애국단에 보낸편지

〈더보기〉

대한민국임시정부의 외교무대를 주름잡은 남편
김규식 애국지사(金奎植, 1881.2. 28- 1950.12.10)

항일독립운동가·정치가. 본관은 청풍(淸風). 교명(敎名)은 요한(Johann), 아호는 우사(尤史). 동래 출신. 1881년 김지성(金智性)의 둘째아들로 태어났다. 당시 우리나라에 파견된 청나라의 위안스카이(袁世凱)가 내정간섭을 단행하자, 동래부사의 막료로 있던 그의 아버지 김지성은 일본과의 관계설정에 관한 상소문을 올렸는데, 이것이 화근이 되어 귀양길에 올라야 했다.

게다가 1887년에는 어머니마저 사망하여 6살에 고아가 되었는데, 마침 우리나라에 와 있던 미국 북장로파 선교사 언더우드(Underwood, H. G.)의 보살핌으로 성장하였으며, 그때 요한이라는 세례명을 받았다.

1906년에 조순환의 딸 조은수와 결혼하였으나 부인과 사별하고, 1919년에 독립운동 일에 매진하던 김순애와 재혼하였다. 1897년부터 1903년까지 미국 버지니아주의 로노크대학교(Roanoke University)에서 공부하였으며, 이듬해 프린스턴대학원(Prinston Academy)에서 석사학위를 받고 귀국하여, 1904년부터 1913년까지 언더우드 목사의 비서, 와이엠시에이학교(YMCA學校) 교사, 경신학교(儆新學校) 학감으로 있었고, 1910년부터 1912년까지는 연희전문학교 강사를 지냈다.

1918년 모스크바에서 열린 약소민족대회와 1919년 파리강화회의에 한국대표로 참석하였다. 1919년 3월 파리에서 조선혁명당의 이름으로 항일전선을 구축하고, 파리에 조선공보국(朝鮮公報局)을 설치하여 그해 4월 10일 공보국 회보를 펴내는 한편, 젊은 층을 끌어들여 신한청년당을 꾸렸다. 이들은 대한민국임시정부 대표 이름으로 된 탄원서를 강화회의에 제출하고〈한국민족의 주장〉·〈한국의 독립과 평화〉등의 민족선언서를 작성, 배포하였다.

이어 대한민국임시정부 구미위원부(歐美委員部)위원장, 학무총장 등에 뽑혔으며, 1921년 동방피압박민족대회에 참석하여 상설기구를 창설하고, 1927년에 그 회장직을 맡으면서 기관지《동방민족(東方民族)》을 창간하였다. 1935년 민족혁명당을 창당하여 그 주석이 되었고, 1942년 임시정부 국무위원을 지냈다. 8·15광복이 되자 11월 23일 환국, 그해 12월 27일 모스크바삼상회의의 결정문을 국민에게 발표하고 즉각 반탁운동을 펴나갔다.

김규식 애국지사는 학자로도 큰 활동을 했는데 중국 복단대학(偪旦大學)에서의 영문학 강의를 비롯하여 톈진(天津)북양대학(北洋大學) 등에서 강단생활을 하였으며, 1950년에 6·25 한국전쟁이 일어나면서 납북되어, 그해 12월 10일 만포진 근처에서 삶을 마친 것으로 알려졌다.

종로경찰서에 폭탄 던진 김상옥 어머니
김점순

권총으로 삶을 마감한 아들
주검을 확인하는
어미의 가슴 속에
구멍 하나 뻥 뚫렸다

휑하니 불어오던
그 겨울의 모진 바람 한 자락
뚫린 가슴을 휘젓는다

밥이나 배불리 먹였더라면
공부나 원 없이 시켰더라면
죄인 된 어미의 몸뚱이는
이미 주검이다

사랑하는 아들아!
그 목숨 떨궈 서릿발 같은 기상으로
조선인의 투지를 보였으니
너의 죽음이 어찌 헛되랴
이제 눈물을 거두고 의로운 너의 혼에
장한 훈장을 다노라

절규했을 어머니시여
그대 이름 당당한 조선의 어머님이시라.

김점순(金点順, 金姓女, 1861.4.28-1941.4.30)

　동대문 밖 지금 떡전교는 철거 되었지만 떡전거리 근처는 야산으로 공동묘지가 있던 곳이다. 이름하여 '이문안 공동묘지'였다. 이곳에 1923년 3월 15일 동아일보 기자가 찾아가 종로경찰서 폭탄 투척으로 순국한 김상옥의 처와 아들 그리고 그의 어머니를 만난 이야기가 실려 있다.

　"기자는 한식인 이날 취재차 공동묘지를 찾아가는데 무덤 사이를 지나다가 나무비석에 원적은 경성부 ××이고 주소는 상해법조계애인리(上海法租界愛仁里)라고 쓰여 있는 비석 앞에 발을 멈추고 김상옥 처에게 이것이 부군 묘냐? 고 물으려고 보니 김순경지묘'金淳慶之墓'라고 되어 있어 그 까닭을 물었다.

　이에 김상옥 처는 '남편과 독립운동 하던 분으로 죽어서도 상해서 독립운동 하도록 상해주소를 써달라는 유언을 했다.'라며 바로 그 옆에 아무런 비석도 없는 남편의 묘를 가리켰다. 남편이 순국하고 어린 자식들을 보살피느라 묘비도 못 세우고 찾아오지도 못했다며 부인과 어머니는 대성통곡을 하였다.

　'삼형제 아들이 모두 죽어 이제 며느리들이 독신이 되었다. 큰 아들은 병으로 죽고 둘째 아들 상옥은 객지로만 다니다가 밥 한 그릇 못해 먹고...왜 왔드냐? 왜 왔드냐? 거기(상해) 있으면 생이별이나 할 것을....' 이라며 고부간은 슬픔에 겨워 흐르는 눈물을 주체하지 못했다."

　종로경찰서에 폭탄을 투척하여 세계만방에 조선의 독립 의지를 떨친 김상옥(金相玉) 의사의 어머니인 김점순 여사는 아들의 의열투쟁을 적극적으로 도우면서 항일투쟁을 펼칠 수 있게 한 애국지사이다. 어릴 때부터 석전 놀이('석전(石戰)'은 고구려 때부터 하던 놀이로 차전놀이 등과 함께 조선에서 하던 놀이)를 즐기던 아들이 다칠까 늘 염려되었으나 이것이 폭탄 투척으로 이어질 줄은 꿈에도 생각 못했을 일이다.

1919년 11월 무렵 김상옥이 서울에서 암살단(暗殺團)을 조직하여 활동하다가 잡히자 인쇄용 등사판을 파괴하여 증거를 없앴으며 1921년 김상옥이 임시정부 군자금 모집을 위해 국내에 들어와 활동할 때 일경에 들키자 김상옥을 피신시키고 대신 온식구와 함께 갇혀 고초를 치렀다.

1923년에 김상옥이 종로경찰서에 폭탄 투척 의거를 결행할 때 거사에 필요한 권총을 감춰주고 또한 무기를 전달하는 등 적극적으로 의거를 도와 김상옥이 종로경찰서 폭탄 투척을 가능케 하였다. 이 때문에 왜경에 잡혀 무수한 고초를 겪었지만 아들보다 강하면 강했지 절대 호락호락하지 않은 모습으로 꿋꿋함을 보였다.

정부에서는 고인의 공훈을 기리어 1995년에 대통령표창을 추서하였다.

▲ 김상옥어머니 김점순여사와 부인의 한식 성묘 기사(동아일보 1923.3.15)

〈더보기〉

종로경찰서에 폭탄 던진 아들
김상옥(1890.1.5-1923.1.22)

  "그 애가 자랄 때 온갖 고생을 했어요. 옷 한 가지 변변한 것을 못 얻어 입히고 밥 한술도 제대로 못 먹였으며 메밀찌꺼기와 엿밥으로 살았지요. 어려서 공부가 하고 싶어 "어머니 나를 삼 년만 공부시켜 주세요" 하던 것을 목구멍이 원수라 그 원을 못 풀어 주었습니다. 낮에는 대장간에서 일하고 밤에는 야학을 하는데 시간이 급하여 방에도 못 들어가고 마루에서 한 술갈 떠먹고 갈 때 그저 '체할라 체할라' 하던 때가 엊그제인데 어쩌다가 이 모양이 되었습니까?" 아들의 주검 앞에서 흐느끼는 어미의 심정을 어찌 다 말로 하랴.

  그런 아들은 야학을 통해 민족의식을 싹 틔우게 되고 급기야는 조국의 독립운동을 위하여 맨 앞에 서서 그간의 소극적인 방법과 달리하여 조직적이고 적극적인 투쟁을 찾다가 동지들을 모아 암살단을 조직하게 되는데 혁신단(革新團)이 그것이다.

  암살단은 김상옥을 중심으로 윤익중, 신화수, 김동순, 서병철 등으로 이들은 독립자금 모집과 무기수송, 관공서 폭탄 투척 등을 계획한다. 이들의 주된 표적은 일제 총독과 고관을 비롯하여 민족반역자들을 처단하는 것으로 이 계획을 효과적으로 해내려고 대한광복회의 양제안, 우재룡 등의 동지와 적극적인 유대관계를 가지고 무력투쟁을 펼쳤다. 1차

목표로 전라도 등지의 친일파 척결을 위해 일본경찰과 악명 높은 헌병대 습격을 감행하였다.

또한, 1920년 8월 2일 미국의원단이 동양각국을 시찰하는 날을 잡아 이들을 맞으러 나간 일제 총독과 고관 등을 처단하기 위해 직접 상해 임시정부에 가서 이동휘, 이시영, 안호 등과 협의한 끝에 권총 40정, 탄환 300여 발을 가져와 이들 시찰단의 조선 방문 때 거사를 꾀했다. 미국 시찰단은 여행 목적이 관광이었지만 이때는 제1차 대전이 끝나고 일제가 대륙침략을 추진하던 때로 미국의 아시아 극동정책 특히 만주를 포함한 소련과 일본과의 이해가 날카롭게 대립하던 시기였다.

따라서 식민지 한국인의 처지에서 미의원단에게 일제의 침략전쟁을 깨닫도록 하고 결과적으로 한국의 독립을 돕게 함과 동시에 세계여론에 호소하려는 게 그 목적이었다. 이를 계기로 이들은 제2의 3·1운동과 같은 거족적인 민족운동을 일으키기로 맘을 먹었다. 그러나 미국 의원단의 서울 도착 전날 일부 동지들이 잡혀가는 바람에 이 계획은 실패로 돌아갔고 그는 일제 경찰의 수사망을 피하여 중국 상해로 망명하게 된다.

이곳에서 다시 김상옥은 김구·이시영·조소앙 등 임시정부 요인들의 지도와 소개로 조국독립을 위한 투쟁을 펼쳤는데 1921년 일시 귀국하여 군자금 모집과 정탐의 임무를 수행하였고, 다시 1922년 겨울 의열단원으로 폭탄·권총·실탄 등의 무기를 지니고 동지 안홍한·오복영 등과 함께 서울에 숨어 들어 거사의 기회를 노리다가 이듬해 1월 12일 밤 종로경찰서에 폭탄을 투척함으로써 일본의 식민지 척결과 독립운동에 불을 붙였다.

그러나 일제는 정예기마대와 무장경관 1,000여 명을 풀어 김상옥을 체포하려고 혈안이 되었으며 삼엄한 수색 끝에 포위된 김상옥은 그들과 대치하면서 몸에 지닌 권총으로 일본경찰 15명을 죽이고 자신도 마지막 남은 한 방으로 순국하였으니 그의 나이 34살이었다.

남에는 유관순, 북에는
동풍신

천안 아우내장터를 피로 물들이던 순사놈들
함경도 화대장터에도 나타나
독립을 외치는 선량한 백성 가슴에
총을 겨눴다

그 총부리 아버지 가슴을 뚫어
관통하던 날
열일곱 꽃다운 청춘 가슴에
불이 붙었다

관순을 죽이고 풍신을 죽인 손
정의의 핏발은 결코 용서치 않아
끓어오르던 핏빛 분노
차디찬 서대문 감옥소 철창을 녹이고
얼어붙은 조선인 가슴을 녹였다

보라
남과 북의 어린 열일곱 두 소녀
목숨 바쳐 지킨 나라
어이타 갈라져 등지고 산단 말인가

남과 북 손을 부여잡고
다시 통일의 노래를 부를
그날까지

님이시여
잠들지 마소서!

동풍신(董豊信, 1904 - 1921)

　함경북도 명천(明川) 출신으로 1919년 3월 15일 하가면 화대동 일대에서 전개된 독립만세운동에 참여하였다. 이곳은 3월 14일 함경북도에서 펼쳐진 만세시위 중 가장 많은 5천여 명의 시위군중이 화대헌병분견소에서 시위를 벌이다가 일본 헌병의 무차별 사격으로 5명이 현장에서 순국한 곳이다. 이날 화대장터에는 오랜 병상에 누워있던 동풍신의 아버지 동민수(董敏秀)가 전날의 시위 때 일제의 흉탄에 동포가 죽었다는 소식을 듣고, 죽음을 각오하고 병상을 떨치고 일어나 이에 참여하였다.

　그러나 동풍신의 아버지는 만세시위를 벌이던 가운데 길주헌병대 기마헌병과 경찰의 무차별 사격으로 현장에서 순국하였다. 이 소식을 들은 동풍신은 현장으로 달려와 아버지의 주검을 부둥켜안고 통곡하였다. 동풍신이 슬픔을 딛고 결연히 일어나 독립만세를 외치자 시위군중은 크게 감동하여 힘을 모아 만세운동을 펼쳤다.

　시위대는 면사무소로 달려가 사무실과 면장집·회계원집을 불태우면서 일제의 만행에 맞서 싸웠으나 일본 헌병에 체포되어 함흥형무소에 수감되었다가 서대문형무소로 이감되어 악랄한 고문 끝에 17살의 꽃다운 나이로 옥중에서 순국하였다.

　정부에서는 고인의 공훈을 기리어 1991년에 건국훈장 애국장(1983년 대통령표창)을 추서하였다.

董豊信 (一九〇四年~一九二一年)

투사는 함경북도 明川郡 출신으로 三·一獨立萬歲운동때 花台洞에서 日本憲兵의 총격으로 殉義하신 董敏秀투사의 따님이다. 豊信투사는 그 당시 十六세의 少女로서 獨立萬歲운동에 참가했으나 父親董敏秀투사의 비보를 듣고 현장에 달려가 독립만세를 외치며 함께 통곡하던 중 日本헌병에게 발포를 사주한 面長을 찾다가 面長집을 불지르고 日本헌병에 항거하였다. 豊信투사는 나이는 어렸으나 완강하게 투쟁하였고 日憲에게 체포되어 서울西大門刑務所에서 獄苦服役中 나이 十八세를 일기로 殉獄하였다. 이로부터 세상에는 北에는 董豊信, 南에는 柳寬順이라는 사실이 전래되고 있다. 여기서 다시금 우리 廣川董氏의 뿌리와 氣魄을 되살펴보게 된다. (典書公派 二十六世孫)

▲ 광천 동씨 대동보 상권 '동풍신' 기록

〈더보기〉

북쪽 출신 독립운동가는 왜 알려지지 않나?

동풍신 애국지사에 대한 자료를 백방으로 찾다가 연락이 닿은 광천 동씨 동광모 종친회장님을 서울 신문로 빌딩 종친회 사무실에서 뵙자 회장님은 두툼한 두 권짜리 '광천 동씨 대동보'를 책상 앞에 내민다. 2008년에 748쪽이나 되는 두께의 책을 상하권으로 엮을 만큼 광천 동씨 문중은 뿌리 깊은 씨족임을 느끼게 해주는데 동씨의 시조를 4,000여 년 전 중국에 둘 만큼 그 역사와 유래가 깊고 번듯하다. 특히 근세에 우리가 기억해야 할 것은 동씨 문중에서 눈에 띄는 독립운동가들이 많이 나왔다는 점이다.

특히 남에는 유관순, 북에는 동풍신이라 할 정도로 유관순 열사와 견줄만한 독립운동의 업적을 이룬 동풍신 애국지사가 일반인에게 널리 알려지지 않은 것은 유감이다. 유관순 열사와 같은 나이에다가 유관순이 아우내장터를 이용하여 만세를 불렀다면 동풍신은 화대장터에서 만세운동을 펼쳤다. 유관순의 아버지가 일제의 총검으로 현장에서 죽어 간 것과 동풍신의 병든 아버지가 독립만세를 부르다가 그 자리에서 죽어 간 것도 닮았다.

그러나 한 분은 만고의 열사가 되고 한 분은 이름조차 들어 본 적이 없는 것은 어인 일인가? 이는 남북한의 분단에 의한 정치적 입김에 따른 역사기록의 편향성 때문이라고 본다. 해방공간에서 우리는 독립운동가를 제대로 추스를 시간적 정신적 여유가 없이 공산주의와 민주주의라는 이념 아래에 갈라서는 운명을 맞이했다.

이어서 터진 1950년 한국전쟁은 겨레 사이의 피를 불렀고 이후 남한에서는 북한에 관한 것이라면 모두 적대시하는 분위기에서 북쪽 출신의 독립운동가를 기억할 수 있는 여건을 갖지 못했다. 그러나 일제 식민의 역사가 전개된 것은 남북한 분단 이전의 일로 그 당시 조선인은 모두 한마음 한뜻으로 식민지를 벗어나는 것과 조국광복을 일생의 꼭 필요한 과제로 여기며 온몸을 불살랐음을 잊어서는 안 된다.

이러한 상황에서 남한 출신인 유관순은 열사가 되어 방방곡곡에 비석을 세우고 기념관이 들어섰지만 북한 출신의 동풍신은 국가보훈처 공훈전자사료관에 활동상황 4줄이 고작이다. 여기서 유관순 열사의 애국정신을 깎아내리자는 것은 아니다. 그럴 수도 없다. 유 열사의 조국사랑은 영원불멸의 정신임은 틀림없다. 그러나 동풍신 애국지사처럼 북쪽 출신 애국지사들도 우리 겨레의 민족혼을 불태웠던 분들이니 만치 이제라도 깊은 관심을 가지고 이분들의 독립운동 활동을 찾아내 널리 알려야 할 것이다. 연구자들의 깊은 관심을 바라는 바이다.

동풍신 애국지사는 광천 동씨 출신으로 동씨 성을 가진 분들 가운데는 다음과 같은 분들이 독립운동에 앞장서서 몸과 마음을 조국광복에 바쳤다. 광천 동씨 26세인 동광욱 선생의 기록을 참조하여 간략히 소개하면 다음과 같다.

※ 동창률(董昌律:23代孫) 공(公)은 1872년 함경남도 북청군 이곡면에서 출생. 1919년 독립운동체인 대동단(大同團)에

가입하여 군자금을 모금하면서 대동신보(大同新報)를 숨어서 펴냈다. 또 왜놈들이 나이 어린 의친왕(義親王)을 암살하려는 정보를 입수, 상해 임시정부에 피신시키려 업고 가다가 1919년 11월 평안북도 안동역에서 왜경에게 체포되어 서대문 형무소에서 7년간 옥고를 치렀다. 이후 1926년 만기 출옥하여 강원도 양구군 동면 원당리에 숨어지내며 서당을 세워 후학을 가르치다 1943년 76세로 세상을 떴다. 1983년 8월15일 국가 독립유공자로 건국훈장 애국장을 추서 받았다.

38. 李烔公誘出事件

李烔公ハ居常心平ナラス又屢屢外遊ノ旨ヲ倡道ニ洩セル事アリ面シテ不逞ノ徒ハ公ヲ擁シテ國權恢復運動ニ從ヘハ廣瀬信生ハ勿論朝鮮内外同志ニ信用ヲ博スルコト大ナルモノアリヲ思ヒ、密ニ公ヲ誘出スルノ計劃アリ公ハ平素過色二顧ミ行動免角常趣ヲ逸シ又好ミテ市井ノ雌雄ニ狂シ大正八年三月ノ獨立騷擾ノ首魁稜憂懸ト、密二會合謀議ノ孫ノ諸博セラルルヤ公ハ願ハ慎ヲ色ナリシト云フ、當時不逞ノ徒輩ハ公ヲ誘シテ上海ニ寄ラシムルノ風説アリシガ此ヲ京城道警部署ニ於テハ嚴重ニ公都附近ノ警戒ニ努メ恣々タル處ニ大正八年十一月九日午後十時頃記者全三福ヲ件ヒ密カニ其公都ヲ脱シ所在不明トナリタルヲ以テ各地ニ手配シ極力探索中ノ處近ニ十一日午前十一分頃支那安東停車場構外ニ於テ公及同行者郎明月ヲ捕獲シ京東ニ探送運行シタルカ同ヶ一事生在洛外數名京城到着以テ潜伏セルヲヲ判ン十二日未明即同日百九十二番地車領柳を二於テ率在潜伏逮捕ノ更ニ不遑者寄家紙能義烔外山成ノ民亭ニ年ノ發覺知シ同日午後西時半董昌崔、鄭昌坡、全三福ノ三名ヲ逮捕ノ且董昌崔ノ所持セシ事携ヲ押收ノ上家ヲ家宅捜索シテ不穩文書類ニ其ノ原稿及印刷類一個ヲ發見押收シ次テ十九日五月五日ニ亘リ殘ニ巨魁ヲ始以下共犯者數名ヲ逮捕シタル本件ハニ、三ノ事件ト傷然越合セル善事態類ニ續柄シ思レリ概要下ノ如ン記

▲ 〈고등경찰요사〉에 동창률 애국지사의 죄상이 적혀있다. 동창률 애국지사가 악랄한 일제의 '고등경찰요사'에 올라 있다는 것은 그만큼 비중 있는 독립운동가였음을 말해주는 것이다. 〈고등경찰요사〉 p259

※ 동민수(董敏秀:25代孫) 공(公)은 1872년 함경북도 명천군 하가면 지명동에서 태어났고 동풍신의 아버지이다. 1919년 3월15일 만세운동 때 고향인 명천군 하가면 화대시장(花臺市場)에서 궐기한 대한독립 선언문 선포대회에 참가하여 맨 앞에서 대한독립만세를 외치면서 시위 행진하다 왜놈 헌병의 총탄에 맞아 그 자리서 순국하였다. 1983년 8월31일 대통령 표창과 1991년 8월15일 건국훈장 애국장을 추서 받았다.

※ 동한문(董漢文:24代孫) 공(公)은 1883년 함경북도 명천군 하가면 지명동에서 태어남. 1919년 3월 15일 만세운동으

로 하가면 화대시장(花臺市場)에서 궐기한 대한독립 선언문 선포식에 가담하여 앞장서서 대한독립 만세를 외쳤다. 이때 왜놈 헌병의 총탄에 맞아 그 자리서 순국한 조카 동민수(董敏秀)의 주검을 동민수(董敏秀)의 딸 동풍신(董豊信)과 같이 업고 다니면서 왜경의 주재소를 비롯하여 면사무소와 면장 집 등을 불 지르면서 계속 시위하다가 왜병에게 체포되었다. 그 뒤 서대문 형무소에 수감 중 왜경의 혹독한 고문으로 1921년 병보석으로 풀려난 뒤 운명하였다.

※ 동석기(董錫璂:24代孫) 공(公)은 1881년 함경남도 북청군 이곡면 초리 상함전에서 태어남. 1919년 3월1일 기독교회 목사로 서울 파고다 공원에서 일어난 대한 독립선언문 선포식에 참가하여 맨 앞에서 군중에게 대한독립 만세를 외치도록 선동하면서 시위행진을 하다가 왜경에게 체포되어 서대문 형무소에 수감 1919년 11월 6일 징역 7개월에 집행유예 3년의 실형을 받았다.

※ 동주원(董柱元:24代孫) 공(公)은 1896년 함경남도 북청군 이곡면 초리 하함전에서 태어남. 1919년 3월1일 서울 의학전문학교에 다니던 중 서울 파고다공원에서 일어난 대한독립 선언문 선포식에 참가하여 앞장서서 군중에게 대한독립 만세를 외치도록 선동하면서 시위행진을 하다가 왜경에게 체포되어 서대문 형무소에 수감. 1919년 11월6일 징역 6월에 집행유예 3년의 실형을 선고받았다.

※ 동명옥(董明玉) 공(公)은 함경남도 단천군 단천읍 용현리에서 태어남. 1919년 3월10일 만세운동으로 단천군 내에서 천주교도들의 주도로 궐기한 대한 독립선언문 선포대회에 참

가 맨 앞에서 대한독립 만세를 외치면서 시위행진하다 왜경에게 현장에서 체포되어 함흥형무소에 수감 실형을 선고받았다.

　※ 동상엽(董尙燁:22代孫) 공(公)은 1855년 함경남도 단천군 단천읍 사동리에서 태어남. 1898년 단신으로 소련의 연해주로 옮겨가 어업을 경영하면서 독립투사 이동휘(李東輝), 이범석(李範奭)장군 등에게 군자금을 대주는 등 독립운동에 가담한 사실이 왜경에게 드러나 해방될 때까지 요시찰인(要視察人)이 되어 소련땅에 숨어 지냈다.

　※ 동하현(董夏鉉:一名동림 董霖:25代孫) 공(公)은 1895년 함경북도 명천군에서 태어남. 1919년 3·1독립운동에 가담하여 왜경에 쫓겨 만주 중국 등지로 망명생활. 1929년 독립운동단체인 신간회 사건으로 왜경에게 체포되어 서대문형무소에서 2년간 옥고를 치렀다.

▲ 광천 동씨 문중 묘지의 독립투사 추모비 (의정부시 민락동 산 17-1)

역사학자 신채호의 동지이자 아내
박자혜

삼일만세 부르다 총에 맞아
피 흘리며 실려 오는 내 동포
치료한 보람 없이 죽어 나갔네

피 닦아 치료하던 간호사일 뒤로하고
북경으로 간 뜻은
더욱 큰 독립의 횃불 들려함이라

동지요 남편이던 꼿꼿한 역사학자
차디찬 여순감옥에서 순국하고
작은아들 배곯아 죽어 갈 때도
조국 광복의 끈을 놓지 않았네

일제수탈의 원흉 동양척식회사에 폭탄 던진
나석규 투사를 목숨 걸고 도운 일
세상 사람 잘 몰라도
이름 내려 한 일 아니니
애달파 마소

꿈에도 놓지 않던 광복 앞두고
고문 후유증으로 눈 감던 날
응어리진 한 위로
무서리만 저리 내렸네.

박자혜(朴慈惠, 1895.12.11-1944.10.16)

"간판은 비록 산파의 직업이지만 기실은 아무 쓸데없는 물건으로 요즈음엔 워낙 산파가 많아서인지 열 달 가야 한 사람의 손님도 찾아오지 않아 돈을 벌어 보기는커녕 간판 달아 놓은 것이 부끄러울 지경이다. 그러니 아궁이에 불 때는 날이 한 달이면 사오 일이라. 하루라도 빨리 가장(신채호)이 무사히 돌아오기를 박자혜 여사는 밤이나 낮이나 대련 형무소가 있는 북쪽 하늘만을 바라다 볼뿐이다." 동아일보 1928년 12월 12일 자 기사는 박자혜 애국지사의 딱한 처지를 이렇게 소개하고 있다.

박자혜 애국지사는 경기 고양사람으로 역사학자 신채호 선생의 아내다. 그는 1900년대 어린 시절을 견습나인으로 궁궐에서 보냈다. 궁궐에서는 기거동작, 궁중용어, 한글, 소학, 열녀전, 규범, 내훈 등을 익혔다. 박자혜가 궁궐에서 10여 년을 지내고 있을 때 1910년 경술국치를 당하였고 1910년 12월 30일 일제는 '황실령 34호'로 궁내부 소속 고용원 340명과 원역(員役) 326명을 해직시켰다. 이때 궁녀신분을 벗어난 박자혜는 상궁 조하서를 따라 숙명여학교의 전신인 명신여학교에 입학하여 근대 교육을 받게 된다.

졸업 뒤 사립조산부양성소를 거쳐 1916년부터 1919년 초까지 조선총독부 의원에서 간호부로 일했다. 당시 〈조선총독부 통계 연보, 1921년〉에 따르면 의사와 간호부의 80%가 일본인으로 중요한 자리는 거의 일본인들이 차지하고 있었고 당시 전체 간호부 95명 가운데 조선인 간호부는 18명 이었다. 1919년 만세운동으로 서울의 각 병원에는 부상자들이 줄을 이었고 총독부의원에도 환자들이 몰려왔다.

박자혜도 죽을 힘을 다해 부상병 간호에 정성을 다했다. 그러나 나라를 되찾고자 저항하다 부상당한 동포들을 보면서 박자혜는 가만히 주저앉을 수만은 없었다. 그는 3월 6일 근무를 마친 뒤 간호부들을 옥상에 불러 모아 만세운동에 참여 할 것을 제안하였다. 조산원과 간호부를 모아 만든 것이 간우회(看友會)였다.

간우회를 통해 독립만세운동을 선동하고 민족의식을 드높이는 각종 유인물을 몰래 만들어 배포하는가 하면 일제의 부당한 대우에 피부과 의사 김형익(金衡翼) 등 동료와 결의하여 태업(怠業)을 이끌었다. 그러나 왜경에 체포되었다가 감옥에서 풀려난 뒤 일제를 위해 더는 일할 수 없다는 판단으로 중국 북경으로 가 연경대학 의예과에 다녔다.

3·1만세 운동 후 상해임시정부가 세워지자 북경에는 많은 독립운동가가 몰려들었다. 이때 신채호도 북경으로 오는데 신채호는 고향에서 풍향 조씨와 결혼하여 아들 관일을 두었지만 어린 나이에 죽은 아들로 인해 부인 조씨와 결별하고 10년간 북경에서 독신으로 지내던 터였다. 24살의 박자혜와 15살 위인 신채호의 중매는 우당 이회영의 부인 이은숙 여사였다. 당시 박자혜는 여대생 축구팀을 조직하여 주장으로 활동할 만큼 활발한 성격이었다. 이들이 북경에서 신혼생활을 한 것은 2년이 채 되지 못한다.

독립운동가로 일정한 수입이 없는 신채호로서는 결혼 이듬해 태어난 아들과 부인을 부양할 능력이 없었다. 이미 둘째를 임신한 상태에서 더는 배를 곯게 할 수 없다고 판단한 그는 부인과 아들을 귀국시키고 자신은 북경 소재 관음사에서 역사연구에 온 힘을 쏟는다.

귀국한 박자혜의 삶은 이때부터 가시밭길을 걷게 되는데 북경에서 돌아와 서울 종로구 인사동 69번지에서 '산파 박자혜'라는 간판을 내걸었지만 수입이 신통치 않았다. 어지간한 난산이 아니면 조산원을 찾지 않던 시대였으나 하루가 다르게 조산원 개업은 늘어가던 시절이었다. 그러나 억척스럽게 수범, 두범 두 아들을 키우는 한편 남편 신채호와 연락을 하면서 국내에 드나드는 독립운동가를 적극적으로 도왔다. 나석주의 거사를 도운 일이 바로 그것이다.

1926년 12월 28일 조선식산은행과 동양척식회사에 폭탄을 던져 7명을 살상시킨 나석주 의거는 세상을 발칵 뒤집었는데 이때 나 의사를 도운 사람이 박자혜였다. 황해도 출신인 나석주는 그당시 서울 지리에 어두웠기에 박자혜가 나선 것이었다. 일제의 끊임없는 감시 속에 목숨을 건 일이었다.

1936년 신채호가 여순감옥에서 죽은 뒤 둘째 아들 두범은 영양실조로 1942년 죽었다. 남편, 아들을 잃은 박자혜 애국지사는 잦은 연행과 고문 후유증으로 건강을 해쳐 1944년 10월 16일 해방을 채 1년도 남겨두지 않고 쓸쓸히 숨을 거두었다.

정부에서는 고인의 공훈을 기리어 1990년에 건국훈장 애족장 (1977년 대통령표창)을 추서하였고 2009년 7월에는 이달의 독립운동가로 뽑아 그의 높은 나라사랑 정신을 되새겼다.

할머니 박자혜 애국지사가
신채호 호적에 오르지 못하는 사연

단재(丹齋) 신채호선생이 순국한 지 73년 만인 지난 2009년 선생의 가족관계등록부(호적)가 생겼다. 따라서 단재 선생은 "황국신민이 될 수 없다." 하여 일제 호적법을 거부했다가 무국적자가 된 이후 이제야 호적을 되찾게 된 것이다.

그러나 문제는 거기서 끝나지 않았다. 정부가 2009년 3월 독립유공자 예우에 관한 법률을 개정한 데 따르면 신채호 선생은 가족관계등록부에 총각 상태인 "나 홀로 호적"으로 올라 가족들과 연결이 되지 않은 상태였었다.

이에 선생의 친손자인 신상원 씨는 할아버지(신채호)와 아버지(신수범)의 친자관계(親子關係)를 인정해 달라며 소송을 냈다. 그러자 재판부는 "제적등본과 고령신씨 세보 확인 결과 신씨의 아버지 신수범은 신채호 선생의 아들로 기재돼 있어 선생의 친생자란 사실이 확실하다."고 밝혔다. 따라서 선생과 아들 그리고 손자로 이어지는 가족관계는 확인받게 된 것이다.

하지만, 이것이 끝이 아니다. 이렇게 남자들은 3대의 기록이 제대로 되었는데 문제는 단재 선생의 부인이 법적으로 존재하지 않는 것이다. 참으로 기묘한 가족 관계이다. 법적으로 단재 선생의 부인이 호적에 없으므로 단재 선생은 총각인 상태로 아들을 낳은 꼴이 되어 그 아들 신수범 씨는 어머니가 없고 그 손자 신상원 씨는 할머니가 없는 상태로 남은 것이다.

단재 선생의 부인이자 독립운동가인 박자혜 여사는 정부에서 고인의 공훈을 기리어 1990년에 건국훈장 애족장(1977년 대통령표창)을 추서하고 2009년 7월에는 이달의 독립운동가로 뽑아 그의 높은 나라사랑 정신을 되새긴 인물이다. 그러나 정부에서는 신채호 선생과 박자혜 여사가 "현행법 아래에서 법률상 혼인관계를 확인할 수 없다." 라는 이유를 들어 신채호 선생의 가족관계등록부에 부인으로 올려주지 않은 것이다.

일제 강점기에 나라를 잃고 남의 땅 중국으로 망명하여 독립운동 하기도 바쁜데 어느 정부에 혼인신고를 했을 것이며 호적정리에 신경 쓸 경황이 있었을 것인가? 아니 신채호 선생이 일제 호적을 거부했다는 상황을 무시한 '혼인관계 미확인' 이란 궁색한 변명은 부부 독립운동가에게 들이댈 잣대가 아니다.

이들 신채호와 박자혜 부부의 결혼 사실은 보훈처 공훈전자 사료관에서도 인정하고 있다. 사료관 박자혜 편에는 "1919年 3.10 朝鮮總督府 附屬病院의 助産員 및 看護員들을 動員하여 獨立萬歲를 主導하고 國公立病院의 同僚들을 包攝하여 恙業을 主動하다가 被逮投獄된 일이 있으며 곧 中國으로 脫出하여 **申采浩와 結婚**하고 男便의 光復運動을 積極支援하다가 1924年 歸國하여 獨立志士들간의 連洛, 情報, 便宜提供 等을 하다가 獨立運動으로 인하여 얻은 持病으로 49세를 一期로 死亡한 功績이 있으므로 大統領表彰에 該當

하는 者로 思料됨." 이라는 기록이 있다.

　이제 모두 고인이 되어 신채호 선생과 박자혜 여사는 신채호 선생의 고향인 충북 청원 선산에 합장 되어 있다. 부부도 아닌 사람들이 한 무덤에 들어가 있단 말인가? 나라 잃고 독립을 쟁취하고자 떠난 망명지에서 중매로 신채호를 만나 혼인하여 자식을 낳고 동지이자 아내요 어머니로서의 한 세상을 살다간 박자혜 여사는 '혼인증명서를 대라' 는 이상한 대한민국의 법 조항에 걸려 신채호 집안 호적에 오르지 못하고 있다.

　그 사실이 안타까워 손자 신상원 씨는 어떻게라도 할머니 박자혜를 가족관계등록부(호적)에 올리려 하지만 친일파의 재산 찾기에 손을 번쩍 들어주는 대한민국의 법원은 미동도 않은 채　'혼인사실 증명서가 있느냐?' 만을 되뇌고 있다. 말하자면 신상원 씨는 박자혜 할머니가 없는 단재 할아버지의 반쪽 손자인 셈이다. 그 해결은 전적으로 정부가 팔 걷어붙이고 해야 할 것이다. 이게 독립운동가에 대한 예우의 현주소이다.

▲ 박자혜 '산파' 간판은 걸었지만 산모는 거의 찾아오지 않았다. (동아일보 1928.12.12)

대한민국임시정부 의정원 홍일점 여장부
방순희

장강에 도도히 흐르는 물결 거스름 없이
기강 토교 중경 발길 닿아 머무르는 곳
따스한 봄바람 되어 이웃을 감싸주던 님

조국을 되찾는 일에
쟁쟁한 독립투사와 어깨를 나란히 하고
단상에 서서 독립을 염원하던 그 자태
그 씩씩함
겨레의 든든한 맏누님 되신 이여!

어루만진 동포의 쓰라린 가슴이 몇몇이며
따뜻하게 감싸주던 고독한 독립투사
또 몇몇이랴

사나이 태어나 이루지 못할 대업
여장부 몸으로 당당히 살아낸 세월
그 늠름하고 당찬 모습
조국이여
오래도록 잊지 마소서.

방순희(方順熙, 方順伊, 1904.1.30-1979.5.4)

대한민국임시정부의 임시의정원이라면 오늘날의 국회의원이다. 하지만 나라 잃은 임시정부 하에서의 의정활동은 많은 제약을 받을 수밖에 없었다. 1940년 9월 중경 이전 당시 임시의정원의 전열을 가다듬기가 얼마나 어려운지 아래 표에서 우리는 짐작할 수 있다.

임 시 의 정 원	
의 장	김붕준
부의장	최동오
의 원	이시영·김구·조성환·조소앙·조완구·차리석 송병조·엄항섭·양묵·신공제·문일민·민병길 홍진·이청천·조경한·신환·**방순희**·공진원 박찬익·김학규·조시원·이흥관·나태섭(일명 왕중량)·이웅·황학수·이상만·이복원·유동열

이 가운데 특히 김구를 포함한 국무위원 10인(이시영·조성환·유동열·송병조·홍진·조완구·차리석·조소앙·이청천)이 전부 의정원 의원을 겸하였다는 것은 임시정부의 인물난을 고스란히 엿볼 수 있는 대목이다. 또한, 의정원법에 의한 의정원 의원 수는 경기·충청·황해·평안·함경·경상·전라·강원 8도의 42명과 중령(中領)·아령(俄領)·미령(美領)의 15명, 합 57명이었는데 위 표에서 보듯 재적 의원 수가 30명에 지나지 못했으니 의원 구성원들의 애타는 심정을 이해할 만하다. 그러한 인물난 가운데 방순희 애국지사는 당당히 여성의원으로 꺼져가는 임시정부의 불꽃 역할을

다했으니 어찌 장하고 자랑스러운 일이 아니랴.

방순희 애국지사는 나라가 기울어져 가던 1904년 함경남도 원산에서 태어나 일찍이 경성으로 올라와 정신여학교(貞信女學校)에 입학하였다. 정신여학교는 당시에 기독교정신에 따른 주권의식과 애국사상을 가르쳤는데 북장로교에서 운영하던 학교로 교사와 학생 모두 열렬한 애국투사들이었다. 그들은 대한민국 임시정부를 도우면서 항일독립투쟁을 위한 애국부인회를 조직했으며 대한적십자 경성지부를 조직하여 왜경의 감시를 받을 만큼 활약이 두드러졌다.

열여섯 살 되던 1919년 3·1만세운동이 일어나자 만세운동에 참여했다가 왜경의 삼엄한 감시 탓에 상해로 망명했는데 때마침 1919년 4월 11일 상해에서는 대한민국임시정부가 들어서 이를 뒷받침할 여성 단체가 필요하였다. 재정형편이 열악한 임시정부를 돕는 일은 남녀를 불문하는 일이었지만 특히 여성들은 '대조선독립애국부인회', '대한민국애국부인회' 등을 조직하여 회비 걷는 일과 군자금 모집을 통해 대한민국임시정부를 돕는 중요한 역할을 맡았다. 또한, 이들은 독립전쟁요원들을 지원하고 국민에게 배일사상을 북돋우는 일에도 앞장섰다.

방 애국지사는 1921년 상해로 망명한 우당 김관오 애국지사를 만나 결혼하게 되는데 김관오 애국지사 역시 투철한 독립투사 동지로서 함께 힘을 모아 적극적으로 독립운동에 전념하게 된다.

여자의 몸으로 남자들과 어깨를 나란히 겨뤄 독립의지를 불태운 방 애국지사의 주요공적을 보면 1938년 8월부터 1945년 해방 때까지 대한민국 임시의정원 함경남도 대의원, 1942년 5월에는 한국독립당 중경구당부 간사, 1942년 10월에는 대한민국애국부인회 부회장, 1943년 6월에는 한국임시정부 선전부장, 1945년에

는 대한민국임시정부 국내선전 연락원으로 뽑혀 선발대로 귀국
하게 될 때까지 굵직굵직한 일들을 도맡아 조국광복의 주춧돌 역
할을 톡톡히 한 여장부의 삶을 살았다. 정부에서는 그의 공훈을
기려 1963년에 건국훈장 독립장을 수여했다.

▲ 한국혁명여성동맹창립총회 회장 방순희 여사 (1940.6.17)
앞줄 가운데 (○)표시한 이 (사진제공 오희옥여사)

〈더보기〉

온양 방씨 가운데 특별히 기억해야 할
애국지사 "방한민"

-"왜놈"이라는 말을 서슴없이 쓰던 혈기 넘치는 기자 -

방순희 애국지사는 온양 방씨(溫陽方氏)이다. 온양 방씨 문중에 꼭 기억해야 할 독립운동가로 방한민(方漢旻, 1900.1.16~1968.2.9) 애국지사가 있다. 방한민 애국지사는 방순희 애국지사보다 4년 이른 1900년 1월 16일 충청남도 논산군 강경면에서 태어났다. 어려서부터 총명하던 방한민 선생은 당시에 수재들이 들어가는 공주농학교에 15살에 입학하여 3년을 마치고 잠사업종 제조방법을 농민들에게 전해주기 시작했다.

그 뒤 1920년 조선일보 창간직원인 사회부 기자로 재직하면서 일본 군국주의를 비판하고, 독립운동 소식과 일제 친일파들의 만행 등을 보도하면서 '왜놈' 이라는 용어를 서슴없이 기사에 썼으며 '골수에 맺힌 조선인의 恨' 이라는 기사를 연재하는 등 조선민중의 목소리를 거침없이 쓰다가 일제의 압력으로 해고당했다. 이후 동아일보에서도 올곧은 글로 민족정기를 길러내다가 해고당한 뒤 본격적으로 항일투쟁을 하고자 일본으로 갔다.

1922년 일본 도쿄에서 고학으로 정치경제학을 전공한 뒤 문화신문(文化新聞)을 창간하고, 니가타현(新潟) 조선인 노동자 학살사건을 보도하게 되는데 이때 유학생 항의시위를 조직한 혐의로 왜경의 감시를 받게 된다. 니가타 사건이란 다름 아닌 101명의 조선인 징용자들이 몰매를 맞아 죽은 학살 사건이다. 1922년 7월 26일 일본인들은 니가타 신월전력 공사에서 징용자들을 노예처럼 부리면서 노임도 주지 않고 폭행과 학살을 가하는 만행을 저질렀다. 이에 방한민 선생은 이 사건의 진상을 자세히 보도하고 조선 유학생들의 항의 데모를 조직하여 왜놈들의 살인 만행을 크게 꾸짖었다. 이 일로 문화신문은 발행 정지되었고 신문주필인 방 선생은 요시찰 인물이 되어 급기야 일본땅을 떠나 1923년 1월 중국 용정으로 가게 된다.

이곳은 홍범도 장군이 이끄는 '대한독립군'과 김좌진 장군이 지휘하는 '북로군정서' 부대가 활동하던 곳으로 여기서 방한민 선생은 동양학원(현, 용정중학교)을 설립하여 민족의 주권 찾기, 조국광복을 위한 교육에 열정을 쏟았다.

홍범도장군과 김좌진 장군이 봉오동 전투(1920년 6월)와 청산리전투(1920년 9월)에서 일본군을 크게 무찔러 그들의 간담을 서늘케 했다면 방한민 선생은 교육을 통해 청소년들에게 조국독립의 믿음을 심어 주었고 날카로운 붓을 휘둘러 민족정기를 북돋는 일로 일제에 맞섰다.

방한민 선생은 1923년 8월 일제가 천보산 광산에서 금광석을 약탈하려고 철도건설에 착수하는 등 착취 작업을 서두르자 철도개통식에 참석예정인 일본 총독을 죽이고 일본은행 등에 폭탄을 던져 민중봉기의 기회로 삼고자 했다. 하지만 비밀리에 준비를 하던 중 들켜 폭탄 30여 개와 선전문 등을 압수당했다. 이때 방한민 선생은 함께 일을 도모했던 애국지사 23명과 체포되었으나 이 사건은 식민지 통치를 꾀하던 일제의 간담을 서늘케 하였다.

이 중대한 일로 체포된 방한민 선생은 사경을 헤맬 만큼 갖은 고초를 당하였는데 때마침 보도된 방 선생의 신문 기사를 본 논산군 강경면 주민 319명의 진정으로 가출옥 된다. 이후에도 1931년 열성자회 사건을 비롯한 굵직한 독립운동을 주동하는 등 독립운동에 온 삶을 바쳤다.

정부는 방한민 애국지사의 공훈을 기려 1990년 건국훈장 애국장을 추서하였고 2010년 1월에는 "이달의 독립운동가"로 뽑아 방 애국지사의 나라사랑 정신을 되새기게 했다.

▲ 국립대전 현충원 방순희 애국지사 무덤에서

안성기생의 으뜸 나라사랑

변매화

동글고도 갸름한 얼굴
백옥같이 고운 피부
호수에 비친 가을 달빛처럼 맑고 청순한 이여

어쩌다 모진 세월 만나
그 향기 스스로 사르지 못하고
춤추고 노래하는 해어화 되었던가

비록 사내놈 손 잡혀 술 따른다 해도
영혼까지 주진 않았을 터

기미년 삼월의 만세 소리 드높인 기상
안성장터를 울리고
경성의 하늘까지 치달았을진저

흰 저고리 피로 물들어도
웃음으로 밝은 세상 꿈꾸던
안성 기생 변매화

기억하는 이 없어도
초가을 호숫가를 비추는 보름달처럼
고운 자태로
그렇게 오랫동안 남아 있을 그대여.

※ 해어화(解語花): 말을 알아듣는 꽃이라는 뜻으로 기생(妓生)을 달리 이르는 말.

변매화 (卜梅花, 1900~ 미상)

한성권번 꽃수풀에 일지 매화 피어 있어
백화난만 붉은 중에 맑은 향기 자랑타가
봄소식을 전하려고 안성조합 옮겨오니
탐화봉접 때를 만나 날아들고 모여든다

이 세상에 착근된 지 십구 춘광 되었으며
아름다운 꽃 얼굴은 달 정신이 완연하고
맵시있는 앞 뒤태도 세류여의 꾀꼬리라

가사시조 각항춤과 서울 평양 영남소리
철을 맞아 배웠으니 물론 능란할 것이오
필저 외 지겸비 하여 매화국화꽃 잘 그려.

〈조선미인보감〉에 나오는 변매화의 평이다. 변매화는 원적이
경기도 안성군 읍내면 장기리 373번지이며 1919년 발간된 〈조선
미인보감〉에 19살로 되어 있는 것으로 보아 1900년에 태어난 것
으로 보인다. 아담하고 날씬한 몸매에 양산을 받쳐 들었지만 요
염하기보다는 쪽진 모습의 얼굴이 야물 차게 생겼다. 이 책에는
변매화를 가르켜 "가사, 시조, 경서남(京西南) 잡가, 각종 무용검,
승무, 양금, 매화국죽이 능함"이라고 써 놓았다.

변매화 외에 '안성기생조합' 출신 기녀는 송계화, 고비연, 리봉
선, 강련화가 소개되고 있는데 이들이 매일신보 1919년 4월 3일
자의 "31일(3월) 오후 네 시쯤 되어 안성기생조합 일행이 만세를
부르며 시위운동을 했다."라는 내용의 주인공일 것이다.

당시 안성조합에서 활동한 기녀 수는 5명으로 한성의 175명,
수원의 33명에는 못 미치는 수였지만 평양의 7명이나 개성의 3
명에 견주면 그리 적은 수도 아니었다. 이들은 김향화 등 수원 기

생 33명이 고종의 장례에 맞춰 소복을 입고 서울로 올라가 통곡하고 이어서 3·1만세운동에 앞장선 것처럼 식민지 조선의 울분을 앓아서만 당하지 않았다.

안성 기녀들의 억척은 중외일보 1927년 12월 31일자에도 엿 볼 수 있는데 안성읍내 상춘관 소속의 기생들이 주인의 못된 학대와 억압을 들어 동맹파업한 사실을 보아도 알 수 있다. 비록 춤추고 노래하는 직업을 가졌지만 스스로 권리를 찾으려 파업도 마다치 않았으며 위기에 빠진 나라의 독립을 위해서는 누구보다도 앞장선 그들이었다. 안성조합의 변매화도 그런 독립운동가 가운데 한 명이었지만 이들의 독립운동 사실이 구체적인 기록으로 남아 있지 않은 것은 매우 안타까운 일이다. 그러나 기록되지 않았다 해서 기녀들의 높은 애국심의 값어치가 깎아 내려지는 것은 아니다. 이 부분에 대한 모자란 연구는 후학들의 과제라고 본다.

▲ 안성기생의 만세운동 기사 (매일신보 1919.4.3)

〈더보기〉

전국각지의 기녀(妓女) 독립단

"저 풀을 보라. 들불이 다 불사르지 못한다. 봄바람이 불면 다시 살아난다. 어찌 우리 2천만 국혼만이 그런 이치가 없겠는가! 이것이 내가 우리나라는 반드시 광복하는 날이 있다고 믿는 이유이다. (중략) 3월 23일에는 기녀 독립단이 국가를 제창하고 만세를 부르면서 남강을 끼고 행진하니 왜경 수십 명이 급히 달려와 칼을 빼어 치려하자 기생하나가 부르짖었다. '우리가 죽어 나라가 독립이 된다면 죽어도 한이 없다' 고 하자 여러 기생들은 강기슭을 따라 태연히 전진하면서 조금도 두려워하는 기색이 없었다."

–박은식〈한국독립운동지혈사〉 p218, 진주 기녀독립단 –

그렇다. 나라의 존망을 앞두고 기생들도 그냥 바라다보지만은 않았다고 역사는 전한다. 진주지역뿐만이 아니다. 조국을 찾자는 독립운동에 수원 기생들도 만세 행렬에 앞장섰고 안성기생조합 소속 기생들도 한마음으로 읍내로 뛰쳐나왔다.

"3월 31일 오후 네 시쯤 되어 안성조합기생들이 만세를 부르며 시위운동을 시작하매 안성부(安城府) 각 처에서 일시에 소동이 일어 군중 천여 명과 같이 연합하여 태극기를 일제히 흔들고 군청과 경찰서, 면사무소에 들어가서 만세를 부르고 동이동산에 올라 일제히 태극기를 꽂고 산이 진동하도록 소동을 한 뒤에 안성부 내 일원을 곳곳에 돌아다니면서 고성으로 만세를 부르다가 오후 여섯 시 경 진정되는가 했더니 그날 밤 일곱 시 반쯤 되어 다시 소동이 시작되어 군중 약 3천 명이 각각 등에 불을 켜들고 소동하매 면장 민영선 씨가 보통학교로 집합케하엿더라"

-매일신보 1919년 4월 3일자 (안성분국통신)-

독립운동을 '소동' 이라고 표현한 것으로 보아 안성분국의 매일신보 기자는 친일파이거나 일제의 앞잡이일지도 모른다. 제 겨레 사람들의 만세 운동을 강 건너 불 보듯이 쓰고 있는 점이 그렇다. 이에 앞서 30일 오후 일곱 시에는 안성군 읍내면 석정리에서 군중 100여 명이 태극기를 들고 만세를 시작하여 금세 1,000여 명으로 불어나 안성 경찰서 앞에서 만세를 불렀다. 이어 읍내면사무소를 습격하여 유리창을 깨고 군청으로 몰려가 군수에게 만세를 부르게 하는 등 안성 부민(府民)들의 저항을 이어받은 기생들의 용감한 만세운동 합류로 안성의 독립운동 열기는 식을 줄 몰랐다.

※ 기녀들의 독립운동이야기는 〈서간도 들꽃 피다〉 1권 39쪽 "수원의 논개 33인의 꽃 김향화" 편에도 소개했다.

▲ 기생 신분으로 만세운동에 앞장선 변매화.
"그때는 어쩔 수 없이 친일했다."는 친일파들의 궤변은 이 땅에서 사라져야 한다.

빗창으로 다구찌 도지사 혼쭐낸 제주 해녀
부춘화

물질하던 옷 벗어 말리며
가슴 저 밑바닥 속
한 줌 한을 꺼내 말리던
불턱에 겨울바람이 일고 있오

비바람 눈보라 치는 날
무자맥질 숨비소리 내뱉고
거친 바닷속 헤매며 따 올린 처녀의 꿈

짓밟고 착취하며
검은 마수의 손 뻗치려던 도지사 다구찌 놈
보란 듯이 빗창으로 혼쭐내던
세화리 장터의 억척 여인이여!

그대의 분노로
저들의 야수는 꺾이었고
그대의 피흘림으로
조국 광복은 한발 앞서 이뤄졌나니

평화의 섬 제주를 찾는 이들이여!
세화민속오일장 한 접시 회 마주하고
부디 말해주소
해녀 부춘화의 간담 서늘한 애국 이야기를!

※ 불턱: 해녀들이 물 밖으로 나와서 모닥불을 지피고 젖은 옷을 말리는 곳
※ 숨비소리: 해녀들이 작업하다 수면 위로 고개를 내밀고 '호오이'하며 길게 내쉬는 숨소리
※ 빗창: 전복채취 때 쓰는 쇠갈고리

부춘화(夫春花, 1908.4.6-1995. 2.24)

일제 강점기에 한반도에서 펼쳐졌던 항일운동 가운데 여성운동과 어민투쟁의 측면에서 독보적인 지위를 차지했던 해녀 항일운동사건의 주동자인 부춘화 여사는 1908년 구좌읍 하도리에서 태어나 15살 때부터 물질을 배웠다. 낮에는 힘든 물질을 하면서도 밤이면 하도 사립보통학교의 야학부에 들어가 세화리 출신 부대현 선생과 하도 출신 김순종, 오문규 선생으로부터 민족의식 교육을 받았다. 교육을 받는 동안 민족 자주정신을 싹 틔웠는데 1931년 5월 일제에 의한 해녀 착취가 극에 달하자 이를 저지 하고자 해녀들을 단결시켜 일제와 투쟁을 결행하였다.

연약한 여성으로서 특히 사회적 지위가 낮은 해녀로서 악독한 일제의 총칼에 굴하지 않고 분연히 일어나 항일 운동을 할 수 있었던 것은 그 저변에 민족 자주독립과 조국광복을 위해 활동하고 있던 비밀결사조직인 혁우동맹(문도배, 한원택 선생) 젊은 청년들의 힘이 컸다.

일제는 해녀항일운동이 번지는 것을 일찍 막으려고 목포 응원경찰대까지 동원하여 1932년 1월 26일 사건 연루자 100여 명을 검거하였는데 이를 저지하고자 해녀대표인 부춘화 여사는 해녀 1,500여 명을 동원하여 검속 경관대를 습격하여 무장경관대에 격렬한 항일투쟁을 하였다.

이때 해녀들의 희생을 줄이기 위하여 부춘화 여사는 모든 것을 자신이 홀로 이끌었다고 자수하여 전라남도 경찰부 순사들이 목포 유치장에 끌고가 6개월 동안 모진 고문을 받고 1932년 7월 미결수로 풀려났다.

풀려난 뒤에도 계속되는 왜경의 감시와 미행으로 1933년 1월 일본 오사카에 살고 있는 사촌 언니 집으로 피신하여 그곳에서

7여 년간 가내공업을 하면서 지내다가 구좌면 세화리 출신 고한일과 결혼하여 3남 1녀를 낳고 오사카에서 살았다.

광복 뒤 1946년 7월에 귀국하여 고향 세화리에서 부인회장을 하면서 해녀들의 권익 옹호에 힘썼으며 이후 부산, 서울 등지로 거처를 옮겨 살다가 1995년 3월 24일 88세를 일기로 생을 마감하였다.

부춘화 애국지사는 김옥련 애국지사와 함께 2003년 8월 15일에 '건국훈장포장'을 추서 받았는데 이는 제주잠녀항쟁이 항일투쟁이었음을 국가로부터 정당하게 평가받은 것으로 제주도민들은 크게 기뻐했다.

▲ 제주 해녀 시위 기사 (동아일보 1932. 1. 26~29일자)

〈더보기〉

우리들의 요구에 칼로써 대응하면
우리는 죽음으로 대응한다

1. 우리들은 제주도의 가엾은 해녀들
   비참한 살림살이 세상이 안다
   추운 날 무더운 날 비가 오는 날에도
   저 바다 물결 위에 시달리는 몸

2. 아침 일찍 집을 떠나 황혼 되면 돌아와
   어린아이 젖 먹이며 저녁밥 짓는다
   하루 종일 해봤으나 버는 것은 기가 막혀
   살자하니 한숨으로 잠못이룬다

3. 이른 봄 고향산천 부모형제 이별하고
   온 가족 생명줄을 등에다 지어
   파도 세고 무서운 저 바다를 건너서
   기울산 대마도로 돈벌이 간다

4. 배움 없는 우리 해녀 가는 곳마다
   저놈들은 착취기관 설치 해놓고
   우리들의 피와 땀을 착취 해간다
   가이없는 우리 해녀 어데로갈까?

제주해녀들은 낮이나 밤이나 이 제주해녀의 노래(강관순)

를 부르며 자신들의 처지를 슬퍼했다 그러나 그러한 자신들의 처지를 비관하고 안주하지는 않았다. 세화리 장터를 찾은 지난 12월엔 겨울바람만이 휑하니 불어 댈 뿐 5일장이 서지 않는 날이라 모든 것이 황량했다. 해녀들의 권익을 주장하던 그 장터 어귀에는 세화오일장터를 알리는 커다란 선간판만이 그날의 외침을 대신하는 듯했다.

"나는 1922년 당시 15살 때부터 해녀 생활을 하며 구좌읍 보통학교 야학부에서 국문(한글)공부와 개화기 여성을 위한 계몽운동에 참여하기 시작하였다. 21살이던 1928년 제주도 해녀조합(어업조합 전신) 산하 조직인 구좌면 해녀 대표로 선임되어 해녀회장으로 활동하게 되었다. 1931년 5월 일본 식민지 정책하에서 제주도 해녀조합(당시는 제주도지사가 조합장 일을 장악하고 겸임)의 운영이라는 미명으로 해녀들이 어렵게 채취한 해산물을 일본인 주재원으로 하여금 일괄 수납시켜 부당하게 착취하는 것을 목격하였다.

우리는 일본인들의 강제적 침탈 행위의 중단을 수차 건의하였으나 시정되지 않자 구좌면 해녀 회원들이 단결할 것을 호소하며 직접 진정서(9개 항의 요구사항)를 작성하고 항일 투쟁을 전개하기 시작하였다. 1932년 1월 7일 제주도사(지금의 도지사)가 제주도 내 순시차 구좌면 세화리를 경유 한다는 정보를 입수했다. 해녀회장인 나는 동료 김옥련, 부덕량에게 조직적으로 연락하여 구좌면 세화리를 중심으로 한 이웃 자연부락별로 조직된 해녀 1천여 명을 소집시켜 해녀복과 해녀작업 차림으로 무장케 하여 때마침 세화리 시장(경창 주재소 부근)을 지나가는 도사의 행차를 가로막고 해녀의 권익옹호와 주권회복을 요구하며 해녀노래를 합창하면서 대대적인 시위를 했는데 이때 제주도사는 혼비백산하여 피신 도주하게 되었다"

-제주해녀항일투쟁실록 중에서 부춘화 여사 증언 부분-

그렇다. 독립운동은 육지에서만 일었던 것이 아니다. 1932년 눈보라 치는 1월 제주의 하도, 종달, 세화, 우도, 시흥, 오도리 지역 해녀 1천여 명이 불꽃처럼 일어났다. 그녀들은 제주항일 투쟁의 선봉장이었다. 해녀의 권익을 보장해주어야 할 해녀조합은 어용화 되어 횡포가 날로 심해가는 가운데 1930년대 성산포에서는 해초부정판매사건이 발생하게 된다. 이를 항의하러 갔던 현재성 등 4명을 경찰이 검거하고 29일간 구류에 처하자 지역청년들과 해녀들은 사건의 진상과 당국의 일방적인 조치에 격문을 작성하고 강력히 항의하였다. 성산포 사건을 통해 해녀들은 관제해녀조합에 대한 저항의식을 싹 틔우게 되었고 자생적해녀회를 조직하여 단결해나갔다.

그 무렵 제주도사(현 도지사) 겸 어업조합장인 다구찌(田口禎熹)가 자동차로 세화리를 통과하자 해녀들은 "우리들의 진정서에 아무런 회답이 없는 것은 무슨 까닭이냐? 우리를 착취하는 일본 상인들을 몰아내라, 해녀조합은 해녀의 권익을 옹호하라." 등의 구호를 외치며 "우리들의 요구에 칼로써 대응하면 우리는 죽음으로 대응한다." 고 맞섰다.

1931년부터 1932년 1월까지 계속 되었던 제주도 해녀투쟁은 연인원 17,000여 명의 참여와 연 230회에 달하는 대규모 시위였다. 이 사건은 표면적으로는 제주도 해녀들이 해녀조합의 횡포에 저항하였던 생존권수호 운동이지만 그 밑바닥에는 일제의 식민지 수탈정책에 적극적으로 저항하였던 민족 울분을 들어낸 거대한 항일운동이었던 것이다.

▲ 물질 가기 전 해녀들의 회의하는 모습(1930년대)

▲ 제주도 출신 여성들이 여럿 참여한 오사카 기시와다(岸和田) 방적 여공들의 노동쟁의 장면(1930년대)

열여섯 여자 광복군 용인의 딸
오희영

화탄계 냇물에 비친 하늘
먹구름 걷히어 맑고 맑구나
물 건너 신한촌 옹기종기 모인 동포들
콩 한쪽도 나누며 나라 사랑으로 살아갔지

이역만리 고향땅 기약 없이 떠나온
의병장 명포수 할아버지 뒤를 이어
아버지 어머니 남편 여동생까지
독립의 끈으로 묶인 나날들

유주 부양 중경으로 터 바꾸며
열여섯 소녀 광복군 되어
굴곡과 고난의 가시밭길 걸어간 자리

해마다 잊지 않고 피어나는
챠우쉔화 꽃향기 속에
살아나던 독립의지
하늘에 닿았으리.

※ 화탄계: 임시정부요인들의 가족이 살았던 중국 중경 근처 토교의 신한촌 앞을 흐르는 냇물
※ 챠우쉔화(朝鮮花): 조선의 독립을 보지 못하고 중국땅에서 죽어간 사람들의 무덤에 핀 노오
   란 들국화를 현지인들이 애처로워 부른 이름

오희영 (吳熙英, 1924.4.23 - 1969.2.17)

　　오희영 애국지사가 태어난 곳은 중국 길림성 액목현으로 이곳은 서로군정서 본부가 1920년 일제 토벌군을 피해 이동한 이래 새로운 독립운동 근거지를 마련한 곳이다. 아버지 오광선 장군이 활동하던 독립운동의 중심지인 이곳에서 두 살 아래인 동생 오희옥 애국지사도 태어났다.

　　오 애국지사의 본가 고향은 용인으로 할아버지 오인수는 의병장 출신이고 아버지 오광선 장군은 이청천과 함께 만주로 망명하여 신흥무관학교를 졸업하고 서로군정서(西路軍政署) 제1대대 중대장으로 활약하는 한편, 신흥무관학교 교관을 역임했다. 아버지는 이름이 성묵 '性黙'이었으나 조국의 광복을 찾겠다는 뜻으로 광선 '光鮮'으로 바꿀 만큼 혈기 넘치는 독립투사였다.

　　또한 어머니 정현숙(일명, 鄭正山) 여사는 한국혁명여성동맹(韓國革命女性同盟)을 결성하여 맹활동을 하였으며 오희영 애국지사의 남편 신송식 역시 한국광복군 제3지대에 편입되어 서안(西安)에서 큰 활약을 한 인물이다. 할아버지 때부터 아버지를 거쳐 오희영 자매와 사위까지 오씨 집안의 독립운동 내력은 그 자체가 역사책이라고 해도 지나친 말이 아닐 정도이다. 오희영 애국지사의 동생 오희옥 애국지사는 지금 수원에서 비교적 건강한 모습으로 생존해 계신다. 2012년 현재 87살이다.

　　오희영 애국지사는 중국 유주에서 한국광복진선청년공작대(韓國光復陣線靑年工作隊)에 입대하였다가 1940년 한국광복군이 창설되자 오광심·김효숙 등과 함께 여군으로 입대하여 제3지대 간부로 활동하였으며 1942년 김학규 제3지대장의 인솔 아래 왜적의 점령지구를 돌파하여 오광심·이복영·신송식 등과 함께 중국군 유격부대가 자리 잡고 있는 부양(阜陽)에서 활동하였다.

광복군 전체가 그러했듯이 제3지대도 최종적으로는 국내에 진격하여 항일 무장 독립 투쟁을 감행하기 위한 목표 아래 편의상 고국과 최단 거리 지점인 산동반도(山東半島)로 나아가고자 했다. 따라서 공작 기지를 부양(阜陽)에 설치하여 그곳에 본부를 두게 되었는데 이곳은 가장 위험한 적 점령 지구 근처였다. 부양은 사통팔달의 교통[육로·수로] 요충이었기 때문에 수시로 또는 기민하게 왜군 점령 지구 내의 군인을 모으거나(초모)·선전·첩보 공작 활동은 물론 한·중 합작 게릴라전을 감행하기에 가장 적합한 곳이었다.

오희영 애국지사가 속한 제3지대의 초기 공작 활동의 중점은 첫째, 적 점령 치하의 조선출신 애국 청년들을 모으고 둘째, 적 점령 지역 내에 광복군의 공작 거점을 구축, 확보하면서 비밀 지하 조직망을 넓히고 셋째, 적 왜군의 군사 기밀을 탐지하며 필요에 따라 중국 유격대와 같이 왜적에 대한 게릴라 작전을 감행하는 데 두었다. 한마디로 적진 깊숙이에서 왜적과 맞섰던 것이다.

1944년에는 부양(阜陽)에서 군사 교육 훈련을 마친 한국광복군 간부훈련단 1기 졸업생들과 함께 신송식(申松植) 교관의 인솔 아래 광복군 총사령부가 있는 중경(重慶)으로 가서 한국독립당에 가입하였다. 이후 임시정부 주석 사무실 비서 겸 선전부 선전원으로 활동하면서 1944년 임시정부요인들이 거주하던 토교에서 한필동 목사의 주례로 독립운동가 신송식과 결혼식을 올렸다. 그 뒤 해방을 맞아 가족과 함께 귀국하였다.

"언니는 당시 명랑하고 쾌활한 성격이었습니다. 또 말도 청산유

수였고 남자처럼 활달한 성격이었지요." 동생 오희옥 애국지사를 얼마 전 찾아뵙고 우렁된장으로 저녁을 먹는 자리에서 그는 언니 오희영을 그렇게 기억했다.

정부는 고인의 공훈을 기려 1990년에 건국훈장 애족장(1963년 대통령표창)을 추서하였다.

〈더보기〉

가족 3대가 독립운동에 헌신한
용인의 자랑스러운 얼굴들

※ 할아버지 오인수 의병장 (1867.2.2 - 1935.10.23)

해주 오씨 오희보의 13대손으로 부인 이남천 여사와의 사이에서 4남매를 두었다. 18살부터 사냥을 시작해 용인·안성·여주 일대에서는 그의 솜씨를 따를 자가 없었다고 하며 인근 포수들의 화포계(火砲契)에서 매년 1등을 차지할 만큼 명포수로 이름을 날렸다. 1905년 일제가 을사조약을 강제 체결하자 오인수는 농민출신인 이인웅이 이끄는 의병활동에 참여하였으며 유학자 출신 정철화 부대에도 가담하여 중군장으로 활동하였다. 약 1백여 명으로 구성된 이 부대는 남상목, 김군필 부대가 힘을 모아 안성 매봉재에서 일본군과 싸웠다. 그러나 일진회 소속 송종헌의 밀고로 8년형의 징역형을 받고 서대문 형무소에서 복역한 뒤 1920년 겨울 만주 통화현 합리화 신흥무관학교에서 독립군을 양성하던 아들 오광선을 찾아 망명한 뒤 1935년 10월 23일 하얼빈 부근에서 67살에 죽었다.

※ 아버지 오광선 장군 (1896.5.14-1967.5.3)

이청천(李靑天) 장군과 함께 만주로 망명하여 신흥무관학교를 졸업하고 서로군정서(西路軍政署) 제1대대 중대장으로 활약하는 한편, 신흥무관학교 교관을 역임하였다. 서로군정서 별동대장을 거쳐 경비대장으로서 활약하였으며, 청산리 대첩 이후 독립군들이 노령으로 이동할 때 조직된 대한독립군단(大韓獨立軍團)의 중대장을 맡아 러시아의 자유시(自由

市)로 옮겨 이른바 '자유시참변' 에서 일대 수난을 당하였다.

자유시참변이란 1921년 6월 27일 러시아 스보보드니(자유시)에서 붉은 군대가 대한독립군단 소속 독립군들을 포위, 죽인 사건이다. 흑하사변(黑河事變)으로도 불리는 이 사건이 일어날 당시 조선의 분산된 독립군들이 모두 자유시에 집결하였는데 이 사건으로 독립군 960명이 죽었으며, 약 1,800여 명이 실종되거나 포로가 되었다. 한국의 독립운동 역사상 최대의 비극적인 사건으로 기록되는데 이때 오광선 장군은 구사일생으로 살아난다.

1930년 한국독립당이 결성되고 그 산하에 한국독립군이 편성되자 그는 의용군 중대장으로서 총사령장관 이청천(李靑天)과 함께 무장 항일 투쟁을 계속하였다. 1933년 오광선은 이청천 등과 중국 관내로 옮겨 낙양군관학교 안에 한국독립군을 위한 특별반을 설치하여 군 간부를 양성하였다.
이같은 활동을 하다가 또다시 1940년 1월 베이징에서 일제에 잡혀 신의주형무소에서 옥고를 치러야 했다. 이후 만주로 가서 독립운동을 계속하였고 광복 후에는 광복군 국내 지대 사령관을 지냈으며, 육군 대령으로 임관되었다가 육군 준장으로 예편하였다. 정부는 그의 공헌을 기려 1962년 독립장을 수여하였다.

※ **어머니 정현숙** (일명, 정정산, 1900. 3.13 - 1992. 8. 3)
1918년 서로군정서(西路軍政署) 별동대장과 경비대장으로 활동한 부군 오광선(吳光鮮)을 따라 만주로 망명한 뒤 1935년까지 만주 길림성(吉林省) 일대에서 독립군의 뒷바라지와 비밀 연락임무 등을 하며 민족운동을 펼쳤다.

1935년 이후 중국 남경(南京)에서 대한민국임시정부 요인들의 뒷바라지와 함께 1941년 한국혁명여성동맹(韓國革命女性同盟)을 결성하여 회원으로 활동하는 한편, 1944년 무렵 한국독립당(韓國獨立黨) 당원으로 조국의 독립을 위해 투쟁하다가 광복을 맞이하여 귀국하였다. 정부에서는 고인의 공훈을 기리어 1995년에 건국훈장 애족장을 추서하였다.

※ 남편 신송식(1914.3.4 - 1973.2.29)

  평남 안주(安州) 사람으로 1936년에 중국 중앙육군군관학교를 졸업하고, 한국독립당을 재건하기 위해서 활동하였으며, 이듬해 4월부터 중국 중앙포병 51단 소위로 임명 배속되어 항일전쟁에 참전하였다. 1941년에는 민족혁명당원으로서 조선의용대(朝鮮義勇隊)에 가입하여 제1지대에 편성되었다가 한국광복군 제3지대에 전입되어 서안(西安)에서 활동하였다. 1942년 초에는 광복군 제3지대 지대장인 김학규(金學奎)의 인솔로 왜군의 점령지구를 돌파하여 중국군 유격부대가 자리 잡고 있는 부양(阜陽)에 도착하였다.

  부양(阜陽)은 일본군 점령지역에 대한 각종 공작 활동을 펼칠 수 있는 교통의 요충지역일 뿐 아니라 한중 합작 게릴라전을 해내기에 가장 적합한 지역이었던 것이다. 김학규 지대장은 부양(阜陽)에 초모공작분처를 두고 첩보활동을 펼쳤다. 1944년에는 중국 중앙육군군관학교 제10분교 간부훈련반에 병설로 설치된 한광반(韓光班)의 교관으로서 광복군 양성에 주력하였다. 1945년 6월에는 한국광복군 총사령부 참모처 제1과에 소속되어 광복군 참령(參領)으로 복무하였다.

  정부에서는 고인의 공훈을 기리기 위하여 1963년에 건국훈장 독립장을 추서하였다.

※ **동생 오희옥** (1926. 5. 7 – 생존, 수원시 거주)

1939년 4월 중국 류저우[柳州]에서 한국광복진선청년공작대(韓國光復陣線靑年工作隊)에 입대하여 대원들의 사기 진작을 위한 연극·무용 등의 문화 활동을 담당하였으며, 일본군의 정보 수집과 일본군 내 한국인 사병을 탈출시키는 것을 도왔다. 청년공작대가 한국광복군 제5지대로 편입됨에 따라 광복군의 일원으로 첩보 활동과 문화 활동을 지속적으로 담당하였다. 그리고 1944년부터는 한국독립당에도 참여하였다. 1990년에 건국훈장 애족장을 받았다.

▲ 대한민국 임시정부 환국 기념(1945.11.3)
뒷줄(화살표)표시 인물이 오희영 애국지사 (사진제공 오희옥 여사)

어린 핏덩이 내동댕이친
왜놈에 굴하지 않던
이애라

월선리 산마루에 드리운 붉은 저녁노을
충혼탑에 어리는 소나무 그림자가 길고 깁니다

어린 핏덩이 업고
삼일만세 뒷바라지하다
왜놈에 아기 빼앗겨 살해되고
차디찬 옥중에서 부르던 조국의 노래

식지 않은 그 열기
평양으로 원산으로 블라디보스톡으로 뛰어다니며
암흑의 조국에 빛으로 나투신 이여

어이타 스물일곱 그 아까운 나이에
왜놈의 모진 고문 끝내 못 이기고
생의 긴 실타래를 놓으셨나요

어이타 그 주검
그리던 고국으로 오지 못하고
구만리 이역
이름 모를 들판에서 헤메고 계시나요

오늘도 월선리 선영엔
십일월의 찬바람만 휑하니 지나갑니다.

이애라 (李愛羅, 1894.1.7 - 1921.9.4)

　이화학당을 졸업한 이애라 애국지사는 독립운동가인 이규갑(李奎甲)을 만나 스무 살에 결혼했다. 남편과 함께 공주 영명학교와 평양 정의여학교에서 교편을 잡던 3년 동안이 이 부부의 가장 행복한 시간이었을 것이다. 이후 스무 다섯 살이던 1919년 전국적인 3·1만세운동이 펼쳐지자 남편인 이규갑과 한남수·김사국·홍면희 등과 비밀 연락을 하면서 1919년 '한성정부'로 알려진 임시정부를 수립하기 위한 국민대회 소집에 직접 관여한다. 또한, 독립운동의 열악한 재정문제를 해결하고자 1920년 애국부인회에 참여하여 모금운동을 했다.

　이 당시 이애라 애국지사는 어린 딸을 업고 동분서주하였는데 서울 아현동에서 그만 일본경찰에 잡혔다. 이때 어린 딸을 낚아챈 왜놈들은 바닥에 딸을 내동댕이쳐 죽게 하고 이애라 애국지사를 잡아다가 가두고 모진 고문을 한다. 출옥 뒤 여러 차례 겪은 고문 후유증 상태에서 온몸이 상처투성이인 채로 독립운동을 하는 남편 대신 생계를 위해 천안 양대 여학교 교사로 취직했으나 사흘이 멀다 하고 형사들이 찾아와 남편을 찾아내라고 행패를 부리고, 걸핏하면 경찰서로 연행을 당하자 독립운동에 전념하기 위해 시숙인 이규풍(李奎豊)이 사는 러시아로 망명을 결심한다.

　스물일곱 나이로 이 애국지사는 어린 두 아들과 함께 경원선 열차로 원산으로 갔다가 배로 함경북도 웅기(雄基)항에 도착했으나 그만 배에서 내리자마자 왜놈에게 잡히고 만다. 당시 선생은 '요시찰' 인물이었으므로 이미 총독부 경무국 소속 순사가 연락을 받고 기다리고 있었던 것이다. 웅기 경찰서에서 왜놈 순사들은 이 애국지사의 집을 수색하고 독립운동가인 남편의 행방에 대해 추궁을 하는 등 모진 고문을 가한다.

이미 국내에서 여러 차례의 고문과 오랫동안의 투옥생활로 몸이 망가진 애국지사를 보고 일본순사들은 그가 옥중사망할 때의 책임을 모면하려고 의사를 부르는데 이때 왕진 온 의사는 다름 아닌 큰 시숙 이규풍의 아들이었다. 그는 의사인 조카와의 운명적인 만남으로 구사일생으로 목숨을 건져 블라디보스톡에 도착하였으나 고문 후유증으로 사경을 헤매었다.

선생의 소식을 듣고 달려온 남편을 만난 며칠 뒤 어린 두 아들을 남기고 고문 후유증으로 꽃다운 나이인 스물일곱 살을 일기로 머나먼 이국땅에서 순국했다. 당시 남편인 이규갑 애국지사는 러시아에 창설한 한국 독립군 사관학교 교장으로 일본 마적단과 싸우는 등 무장투쟁의 한 가운데에 있었다.

정부에서는 고인의 공훈을 기리기 위해 1962년 3월 1일에 건국훈장 독립장을 추서하였다. 또한, 2004년 5월에는 이달의 독립운동가로 뽑혀 그의 나라사랑 정신을 되새기게 했다.

▲ 충남 아산시 영인면 월선리 이애라 애국지사 충국순의비에서

〈더보기〉

충국순의비에 새겨진 현숙한 아내

  충남 아산에 있는 이애라 애국지사의 충국순의비를 찾아
나선 날은 11월 들어 첫 추위가 전국을 얼어붙게 한 날이었
다. 집을 나서기 전 아산시 영인면 월선리까지는 확인이 되
었지만 번지수까지는 아무리 해도 찾을 길이 없어 무작정 월
선리로 달려갔다. 국내 일간지에 이애라 여사의 월산리 충국
순의비 사진이 올라 있고 약도도 대강 나와 있었지만 그것
만을 믿은 것은 실수였다. 이애라 애국지사의 남편인 이규갑
애국지사도 워낙 알려진 독립운동가인지라 근처에 가면 묘
소를 안내하는 팻말이 있으려니 했는데 안내 팻말은 안보이
고 '월선리' 라고만 찍어 둔 길찾개(네비게이션)는 자꾸만 경
로이탈을 알린다.

  하는 수 없이 작은 마을로 들어 가보았지만 사람 하나 구
경할 길이 없다. 간신히 마을 안쪽 집 마당에서 가을걷이를
하는 어르신을 만나 이규갑·이애라 애국지사 무덤을 물으
니 마을 입구의 이장을 찾아가 물어보란다. 아이쿠! 이장집
은 또 어딘고? 물어물어 찾아간 이장님은 오리고기 식당을
하는 분인데 방금 읍내로 나들이를 하셨단다. 아뿔사! 오리
집 명함의 손말틀(휴대폰)로 전화를 하니 사모님 때문에 병
원에 막 왔는데 다시 가서 안내해주겠다고 하더니 잰걸음에
달려오셨다. 오십쯤 되어 보이는 인심이 후덕해 보이는 이장
님은 묘소를 찾기 어려울 것이라며 선뜻 안내를 하신다.

대부분 독립지사 무덤을 찾아가는 길은 안내해주는 분이 없으면 찾기가 어렵다. 묘소 입구에 작은 이정표만 몇 군데 세워 주어도 찾아갈 수 있으련만 작은 배려가 없다 보니 어려움이 많다. 애국지사들이 모두 국립현충원에 모셔진 것은 아니다. 국가가 관리하는 곳에 모셔더라면 찾아가 뵙기도 쉽고 관리도 잘 될 텐데 하는 아쉬운 마음으로 마을 뒷산의 제법 경사진 길을 올랐다.

　사람의 오고 감이 있는 곳이 아니라서 무덤으로 오르는 좁은 산길의 풀을 베어 놓지 않았다면 도저히 다가갈 수 없는 곳이다. 다행히 잡풀은 사람이 다닐 만큼 깎아놓아 삐죽이 나온 가시나무를 헤치고 무덤에 오를 수 있었다. 야산 마루에 도착하니 푸른 하늘이 열려있었고 주변에는 소나무며 잡목들이 빙 둘러 아늑한 곳에 이애라 애국지사 남편을 비롯한 시댁 식구들의 무덤 여러 기가 보인다. 그 끝 한쪽에 이애라 여사의 이야기가 적힌 충국순의비가 오뚝하니 세워져 있다.

　"… (선생은) 품성이 현숙 효순하여 범사에 관후하였다. 이화학당을 졸업하고 양육사업에 종사하다가 서기 1919년 3·1독립만세 때에 애국부인회를 지도하다가 일경에 체포되어 서울, 평양, 공주에서 옥중생활을 하였다… 그 후에 부군 리규갑 씨가 독립운동을 하는 시베리아로 밀행하다가 함경북도 승가항에서 왜적에게 체포되어 가혹한 고문을 받고… 순국하다"

-충국순의비(忠國殉義碑)비문 가운데-

　충국순의비는 원래 마을 들머리에 있던 것을 길을 넓히면서 이곳 무덤으로 옮겼다고한다. 현재 이애라 애국지사는 이 곳 에 묻혀있지 않다. 스물일곱 꽃다운 나이로 왜경에 체포되어 가혹한 고문을 받고 1921년 블라디보스톡에서 숨진 뒤 주검은 고국으로 돌아오지 못한 채 그 소재조차 알리는 기록이 국내에는 아직 없어 안타깝다. 멀리 이국땅에서도 고국을 그리며 한 송이 들꽃으로 피어있을 이애라 애국지사가 안쓰럽다.

가슴에 품은 뜻 하늘에 사무친
이은숙

고려의 충신 목은 이색 집안의 피를 이은 스무 살 규수
고향땅 떠나 살 에이는 추위 속
첩첩산중 험준한 고개 넘어
강냉이 좁쌀 죽 기다리는 만주땅 횡도천 시집살이 길

바닥난 뒤주 긁어
조국광복 꿈꾸며 문지방 드나들던
수십 명 투사의 주린 배를 채워주며
독립투사 아내의 길 묵묵히 걸어온 삶

만주로 상해로 불철주야 뛰던 남편 소식 끊어지고
어느 해 쓸쓸한 가을
노오란 국화만 고향의 그리움을 더하던 날
총 들고 몰려든 마적 떼에 총상 입고
어린 남매와 피투성이 되어 사경을 헤메였었지
어린 아들 화롯불 뒤집어 썼을 때도
사랑하는 딸 천식으로 죽어 갔을 때도
치료비 조차 없어
기침 소리 유난히 가슴을 치던 그 밤의 슬픔들은
조국을 빼앗긴 설움이 잉태한 천형(天刑)이었어라

애오라지 독립의 횃불 들던 낭군을 위해
유곽의 삯바느질 마다치 않고

바늘 끝에 수없이 찔려 피 흘리며
독립자금 마련한 그 모진 풍파
가냘픈 붓끝으로 다 그리지 못해
가슴에 한을 품고 사무친 마음으로
님에게로 돌아갔으리
무심히 흰 눈송이 내리던 날에.

이은숙(李恩淑, 1889.8.8 - 1979.12.11)

1889년 충남 공주에서 아버님 이덕규(한산 이씨)와 어머님 남양 홍씨의 외동딸로 태어나서 1908년 우당 이회영 선생과 결혼하였다. 이때 이회영 선생은 나이 42살로 상처를 한 상태이고 이은숙 여사는 스무 살이었다. 나라를 빼앗긴 1910년부터 1945년 해방이 되던 해까지 만주로 망명하여 독립운동을 내조하면서도 일시 귀국 중에는 민족혁명 배후에서 내외 연락과 독립자금을 마련하느라 모진 고생을 참고 견디었다.

1932년 남편인 우당 이회영은 항일연합 독립운동을 조직화하고자 만주로 향하던 중 대련에서 왜경에 잡혀 11월 17일 66살의 일기로 고문치사 당하여 순국하였다. 당시 이은숙 여사 나이 44살이었다. 이후 77살 되던 해에 자서전을 써서 1975년 《독립운동가의 아내 수기》를 펴냈는데 이후 이 책은 《가슴에 품은 뜻 하늘에 사무쳐, 일명 서간도시종기》로 엮어 나와 많은 사람의 심금을 울렸다.

나는 《서간도시종기》라는 책을 통해 우당 이회영 선생의 부인인 이은숙 여사의 삶을 알았다. 이 책을 손에 집어들고 마땅히 독립운동 아내들이 겪는 그런 고생이려니 생각했지만 생각보다 이들의 삶은 처절했다. 여성으로서 인간으로서 그리고 빼앗긴 나라를 되찾고자 독립운동에 뛰어든 남편을 둔 아내로서의 삶은 상상을 뛰어넘는 고난의 연속임을 알고 나도 모르게 흐르는 눈물을 그치지 못했다.

그러나 그 가운데서도 나는 희망이란 낱말을 찾아내었다. 구절구절 나라의 운명에 긍정적으로 동참하는 이은숙 여사의 마음은 청정한 호숫가의 한 마리 학처럼 고고하고 깨끗했으며 단아했다.

예전에 어머니들이 "내 고생을 다 말하면 책 몇 권은 나온다."라는 말들을 하곤 했지만 그것은 대개가 자신의 고생담에 불과하다. 그런 고생담 하나 없이 세상을 살아온 사람이 어디 있으랴마는 그러나 일제강점기를 살아 낸 분들의 고생은 그것과는 다르다. 그것은 조국을 위해 자신의 삶을 송두리째 맞바꾼 삶이었기에 질이나 양으로 고난의 정도면에서도 그러하다.

"여성은 독립운동에서 뒷바라지뿐만 아니라 생활 대부분을 떠맡고 아이들 가르치는 것까지 책임져야 하는 경우가 드물지 않았다. 남성들이 독립운동을 위해 수년 또는 수십 년 동안 집을 비우게 되면 집안일은 전적으로 여성이 책임을 진다. 만주 이역에서 도와줄 일가가 없을 때 그 책임은 무한대이다. 체포되어 감옥에라도 가면 옥바라지도 떠맡아야 한다. 이처럼 독립운동은 여성의 엄청난 노고와 희생이 필요하였다." 서중석 교수는 〈신흥무관학교와 망명자들〉에서 여성의 독립운동 지위를 그렇게 밝혔다.

그러나 이러한 여성들의 '무한책임'에 대한 '보상'은 없다. 이 '무한책임'을 담당했던 여성들은 광복군에 가입하여 뛰고 싶어도 뛸수 없는 형편이었다. 광복군이나 각종 애국단체에서 활약하고 싶어도 집에 몰려드는 독립운동가들 수발만으로도 벅찼기에 이들의 이름 석 자는 그 어느 기록에도 남지 않았으며 이들의 '무한책임 독립운동'은 그동안 역사의 조명을 받지 못했다.

"남편이 북경으로 돌아와 3천 리 타향에 부부상봉하고 살림을 시작하게 되니 든든하고 반갑기가 세상에 나 한 사람인 듯하였다. 연약한 체질에 피로도 돌보지 않고 사랑에 계시는 남편 동지 수삼십 명의 조석 식사를 날마다 접대하는데 혹시나 결례나 있어서 빈객들의 마음이 불안할까, 남편에게 불명예를 불러올까 조심하고 지낸 것이 남편을 위할 뿐 아니라 남편의 동지도 위해서였던 것이다."

- 《서간도시종기》, 이은숙지음 -

김구 선생의 어머니 곽낙원 여사도 독립군의 뒷바라지라면 이골이 난 분이다. 양식이라도 충분하면 그래도 덜 고달프다. 곽 여사는 상하이 뒷골목 푸성귀 시장에 버려지는 배춧잎을 주어다 된장국을 끓여대었지만 나중에는 그조차 구할 수 없는 형편이 되어 버린다. 이은숙 여사라고 해서 다르지 않다.

"그날 오후 이을규 형제분과 백정기, 정화암 씨 네 분이 오셨다. 그날부터 먹으며 굶으며 함께 고생하는데 짜도미라하는 쌀은 사람이 먹는 곡식을 모두 한데 섞어 파는 것으로 이것은 가장 하층민이 먹는 것이지만 이것도 수가 좋아야 먹게 되는지라 살 수가 없었다. 그도 없으면 강냉이를 사다가 죽을 멀겋게 쑤어 그것으로 연명하니 내 식구는 오히려 걱정이 안 되나 노인과 사랑에 계신 선생님들에게 너무도 미안하여 죽을 쑤는 날은 상을 가지고 나갈 수가 없어 얼굴이 화끈 달아오를 때가 여러 번이었다."

- 《서간도시종기》 -

눈물 없이는 독립운동가 안사람들의 고생담을 들을 수가 없다. 그것은 단순한 개인의 이야기가 아니다. 쟁쟁한 독립운동가들을 보살피고 뒷바라지한 것이기에 이들의 피나는 고생은 독립운동가와 같은 대우를 받아야 하고 역사는 이들의 독립운동 사실을 기록해야 하는 것이다. 더 심각한 문제는 이들 여성의 독립운동 뒷바라지에 대한 연구가 제대로 이뤄져 있지 않다는 것이다.

대한민국의 숱한 대학에서 역사 전공자들이 쏟아져 나오고 있지만 정작 만주벌판에서 쟁쟁한 독립운동가들을 뒷바라지하며 독립투사로 뛸 수 있게 측면 지원한 여성들에 대한 연구는 미미한 편이다. 그나마 광복군 출신이거나 각종 애국단체에 이름 석자라도 올라온 여성들에 대한 연구는 단편적이나마 있지만 이은숙 여사처럼 대한민국을 대표하는 독립운동가들이 드나들던 집안의 안사람에 대한 연구는 논문 한 편 없는 것이 현실이다. 이 부분에 많은 연구자가 나오길 고대한다.

▲만주 신흥무관학교를 세운 우당 이회영 애국지사 아내 이은숙여사
(사진제공 우당기념관)

전 세계에 유례없는 6형제의 독립운동
그 중 넷째 우당 이회영은 이은숙 여사의 남편

이회영(李會榮, 1867.3.17- 1932.11.17)

"동서 역사상에 나라가 망할 때 망명한 충신 의사가 비백비천(非百非千)이지만 우당 군과 같이 6형제 가족 40여 명이 한마음으로 결의하고 일제 거국한 사실은 예전에도 지금도 없는 일이다. 그 미거(美擧)를 두고 볼 때 우당은 이른바 유시형(有是兄)이요, 유시제(有是弟)로구나. 진실로 6명의 절의는 백세청풍이 되고 우리 동포의 절호(絶好) 모범이 되리라 믿는다.
　　　　　　　　　　　　　　　　　　　－월남 이상재－

우당 이회영 선생은 고려, 조선의 양반가 출신으로 고려시대의 재상 익재 이제현과, 선조때 정승 오성 이항복의 후손이다. 아호는 우당(友堂). 7형제 중 넷째 아들이며 대한민국 1대 부통령을 지낸 이시영의 형이다.

장훈학교, 공옥학교에서 교편을 잡다 신민회를 창립하였고 서전서숙을 설립하였으며 일가 6형제와 함께 유산을 처분하고 만주로 망명하여 신흥무관학교를 설립, 독립군 양성과 군자금 모금 활동을 했다. 그 뒤 신흥무관학교가 일제의 탄압으로 실패하자, 1928년 재중국조선무정부공산주의자연맹, 1931년 항일구국연맹 등의 창설을 주도했다. 그 뒤 국내외 단체와 연대하여 독립운동을 하였으나, 상하이 항구에서 한인 교포들의 밀고로 체포되어 옥사하였다.

1945년 해방을 맞았지만 우당의 6형제 중 다섯째 동생인 이시영만이 유일하게 생존하여 귀국했다. 우당에게는 1962년 건국훈장 독립장이 추서되었고, 서울 종로구 신교동에 우당기념관이 세워져 있다. 정치인 이종찬, 이종걸은 우당 선생의 손자이다.

만주호랑이 일송 김동삼 며느리
이해동

기름진 옥토 뒤로하고 떠난 혹한의 땅 서간도
그 곳 망명 살이 속절없는 세월이었네

풍토병 돌아 황천길 간 친정집 숙부 삼남매
일제에 피살된 시삼촌
친정아버지의 옥살이
시숙 잃은 시숙모의 도진 정신병

냉수 떠놓고 혼약한 열일곱 새댁 몸으로
감당키 어려운 시련의 연속이었어라

만주호랑이 시아버님
평생에 세 번 뵙고
입쌀밥 한 끼 못해 올린
불초한 며느리라 목이 멨지만

소금절인 무김치에 좁쌀 밥도
배불리 못 먹는 동포들과 힘모아
만주땅 허허벌판 개간하여
악착같이 살아낸 세월이었네

여덟 살에 떠난 고국 77년 만에 돌아와 보니

무심한 고국산천 그대로건만
끝내 서대문형무소에서 숨져간 시아버지
꿈에도 고국 땅을 그리던 남편이 눈에 밟혀
내딛는 걸음걸이 휘청대누나

김포공항 입국장에 쏟아지는
카메라 플래시 소리
아버님이시여
낭군이시여 들리시는가!

건네받은
한아름 꽃속에서
울고있던 여사님
무거운 짐 벗고 편히 쉬소서!

이해동 (李海東, 1905.12.23 - 2003.8.20)

"나는 양반집 큰딸로 태어나 가정주부로 평생을 살았다. 현대 교육을 못 받았으므로 어떤 사회제도가 살기 좋은지 어떤 사상 주의가 옳고 그른지를 알 수 없지만 오직 시아버님(김동삼)께서 고향과 처자를 버리고 나라의 독립을 위하여 일생을 헌신한 거룩한 업적만은 예나 지금이나 마음속으로 잊지 않고 존경해 왔다.

바로 내 마음속에 이런 기둥이 있었기에 그 어떠한 역경 속에서도 굴함 없이 꿋꿋이 살아 올 수 있었다. 어느 때이고 세인들 앞에 내 마음속의 기쁨과 고통을 실컷 하소연하기 전에는 죽지 않겠다는 굳은 신념을 지녔음인지 80이 넘도록 천한 목숨을 살려왔다."고 이해동 여사는 《만주생활 77년사》 머리말에서 밝혔다.

"어머님은 자기의 과거를 다른 사람에게 알리기 싫어하는 천성이 있다. 그러나 생생한 어머니의 고난사는 단순한 한 개인의 일이 아니라고 생각한다. 그것은 이국땅에 망명한 한 여성과 가족의 고난사이며 나아가서는 현대사의 한 부분이라고 생각한다. 이러한 사실을 자라나는 청소년들에게 알려주는 것은 역사적 사명이다." 이해동 여사의 아들인 김중생 씨는 어머니 수기 머리에서 "어머니의 만주 이민사"는 결코 개인의 일이 아님을 역설했는데 글쓴이 역시 그렇게 생각한다. 이해동 여사의 수기 한 권이야말로 그간 역사책에 기록되지 않았던 독립군 가족사의 귀중한 자료가 아닐 수 없다.

이해동 여사는 누구인가? 조동걸 국민대교수의 '만주 독립군

이면사 증언 살아있는 역사'를 통해 살펴보자. "85세의 할머니 이해동 여사가 만주생활 77년을 끝내고 지난 1989년 1월 18일 영주 귀국했다는 소식이 지상을 메웠다. 그리고 19일부터 조선일보에 여사의 '난중록'이 연재되기 시작하였다. 10리 밖도 나가보지 못한 일곱 살의 어린 소녀가 엄마 치맛자락을 잡고 삭풍 휘몰아치는 만주로 떠나던 1911년은 서울 양반들이 그 미끈한 일본인의 흉내를 내기에 바빴고 시골에서는 망국이민이 누더기를 감싸고 산비탈 오솔길을 따라 북으로 탈출해가던 해였다.

그 행렬에 끼여 이해동 여사가 만주로 갔던 것이다. 도산(陶山)을 떠나 안동, 예천, 상주를 거쳐 김천까지 250리는 아마 걸었을 것이고 김천부터는 기차로 갔으리라. 이 무렵 안동 일대에서 1백여 호가 갔으니 줄잡아 5백여 명은 넘었을 것이다. 1911년 여사의 일행이 떠난 것은 한말 애국계몽주의 지하단체였던 신민회의 신한촌 건설 계획에 따른 것이었다."

이해동 여사는 정부로부터 훈·포장을 받은 바가 없다. 그러나 이해동 여사만큼 독립운동의 최일선에 서 있던 분도 드물다. 이해동 여사를 비롯한 여성들이 어떻게 만주땅에서 살아왔는가를 우리는 살펴야 한다. 《독립운동사 제10권 : 대중투쟁사》를 보면 다음과 같은 처절함 속에서 활화산처럼 독립운동의 불을 꺼뜨리지 않았음을 알 수 있다.

"만주 노령에는 19세기 이래 많은 한민(한국인)이 이주·정착하고 있었으며 이들은 일제의 만행에 대하여 국내인 못지않게 분개하고 있었다. 외국에서 맛보는 나라 없는 설움을 뼈저리게 느끼고 있었기 때문에 이곳으로 망명해 온 수많은 한민들은 민족 지도자층으로부터 농부에 이르기까지 조국애를 갖지 않은 이가 없었다. 그러므로 이곳에 정착해있는 한민을 배경으로 항일 구국

무력 투쟁이 곳곳에서 전개되어 일본병사의 간담을 서늘케 했었으며 독립군 전투에 대한 부녀들의 후원도 그치지 아니했다. 특히 1919년 3·1 만세운동에서의 여성의 활약은 만주지방의 부녀들을 분기(奮起)시키지 않을 수 없었다.〈중략〉

간도에서의 항일투쟁은 3·1운동 이전보다 격렬하여졌다. 이제 독립은 일제와의 교전(交戰)을 통해 실력으로 쟁취하여야 한다는 주장이 독립운동계를 크게 지배하여 국내외에서는 장차 치를 독립 전쟁준비에 바빴다. 무장독립군들이 곳곳에서 맹훈련을 받으며 또 왜적과의 교전도 빈번하여졌다. 왜적과의 교전에서 가장 어려운 것은 병력 수가 적은 까닭에 군량과 무기의 수송에 운반이 용이치 않았던 점이다. 이에 부인들은 교전 때면 으레 용감히 이들의 뒤를 후원하였던 것이다.

1920년 말경에 북간도 방면에서 우리 독립군이 왜적과 교전하였는데 아군 측에서는 예기치 않았던 교전이었으므로 전혀 준비가 되어 있지 않았다. 그런데 이 지방 부인들이 애국하는 일편단심으로 음식을 준비하여 가지고 탄우(彈雨)가 쏟아지는 위험한 전선에 뛰어들어 피로한 군인들을 위로하고 공궤(供饋)를 하였다. 어떤 군인이 분전(奮戰)하여 먹는 것조차 잊으면 부인들이 울면서 '만일 이 음식을 먹지 않으면 우리는 죽어도 가지 않겠다.' 하면서 기어이 먹게 하기도 하였다. 이 전투에서 부인들의 이 같은 위로는 독립군의 용기를 백배케 하지 않을 수 없었다. 부인들은 교전 시에 무기 운반 또는 왜병의 무기창고에서 무기를 탈취하는 일등을 수행하기도 하였다. 이처럼 독립쟁취를 위한 남녀 상호 간의 협조 노력은 우리 민족이 어떤 고난에서도 이겨낼 수 있는 역량 있는 민족임을 보여주는 것이라 하겠다."

이들 말 없는 여성독립군들은 그러나 역사책 어느 한 줄에도 남아 있지 않다. 이름 석 자라도 남은 여성들은 그나마 다행이다. 보훈처에 이름을 올리고 훈·포장을 받은 여성독립운동가는 204명(2011년 현재)이다. 이해동 여사는 물론 여기에 없다. 국가로부터 훈·포장을 받은 남성들이 12,000여 명인데 견주면 여성들은 거의 역사의 조명에서 비껴간 느낌이다.

이에 대해 서중석 교수는 〈신흥무관학교와 망명자들〉에서 "1910년대 서간도에서 여성문제에 관하여 써놓은 자료는 드물다. 남성중심의 사회이자 준전투적 집단이어서 주로 일반 주민 모두를 대상으로 하였거니와 남성만을 대상으로 하여 여러 가지 논의가 전개되었기 때문이다."라고 말했다. 이러한 실정이다 보니 여성들의 독립운동에 대한 조명이 열악할 수밖에 없는 것이다. 앞으로 이 분야에 대한 연구자들의 관심과 연구 성과가 나오길 고대한다.

만주호랑이 일송 김동삼 선생은
이해동 여사의 시아버지

"내가 조국에 끼친 바 없으니 죽은 뒤 유해나마 적 치하에 매장하지 말고 화장하여 강산에 뿌려달라." 만해 한용운은 생전에 눈물을 딱 한 번 흘렸는데 일송 선생의 장례식에서였다고한다. 그만큼 조선 독립운동사에 빼놓을 수 없는 업적을 일군 분이 일송 선생이다.

김동삼(金東三, 1878.6.23~1937.4.13) 선생은 경북 안동 출신으로 의성(義城) 김 씨이며 호는 일송(一松)이다. 선생은 호처럼 한그루의 꼿꼿한 소나무와 같은 삶을 살다 가신 분이다. 1907년 고향에서 유인식·김후병 등과 젊은 일군의 양성을 위해 협동중학교(協東中學校)를 세웠으며, 1909년에는 서울 양기탁 집에서 신민회(新民會) 간부들과 독립운동의 기반과 독립투사의 양성책을 협의하였다.

1910년 국권침탈로 국내활동이 어려워지자 1911년 만주로 건너가 통화현삼원보(通化縣三源堡)에서 이시영·이동녕·이상룡·윤기섭·김창환 등과 함께 경학사(耕學社)를 조직하여 재만동포의 농지개혁과 생활안정을 꾀하는 한편, 신흥강습소(新興講習所)를 만들어 교육에 힘썼다.

1913년에 여준·이탁 등과 남만주의 동포 자치기관으로 부민단(扶民團)을 조직하여, 민생교육과 군사운동에 심혈을 기울였다. 같은 해에 이탁·김창환 등과 유하현(柳河縣)의

밀림지대에 백서농장(白西農莊)을 개설하였다.

1919년 4월에는 이상룡·이탁 등 남만주 각지의 지도자들과 유하현 삼원보에서 회동하여 부민단을 확대, 개편한 한족회(韓族會)를 발족시켰으며, 그 서무부장에 취임하였다. 이어 서로군정서(西路軍政署)의 참모장이 되었다.

1920년 지청천(池靑天)과 함께 소속부대를 안도현(安圖縣) 밀림 속으로 옮겨 제2의 군사기지를 구축했으며, 다시 11월에는 북로군정서군 및 홍범도(洪範圖)부대와 합세하여 밀산(密山)과 러시아 등지로 이동하여 독립군의 희생을 줄였다.

1922년 연해주(沿海州) 각지 등을 순회하면서 독립운동단체의 하나됨을 위해 노력하던 끝에, 봉천성 흥경현(興京縣)에서 민족 단일의 독립운동단체인 통의부(統義府)를 조직하였으며 그 위원장에 뽑혔다.

1923년 북경(北京)에서 열린 국민대표대회에 서로군정서 대표로 참석하여 의장으로 회의를 이끌었다. 이때 개조파(改造派)와 창조파(創造派)의 대립을 조정하여 독립운동기구를 일원화시키기 위해 많은 노력을 기울였으나 실패하였다.

1925년 정의부(正義府)가 조직되자 참모장·행정위원에 취임하여 독립사상을 드높이는 한편, 일본경찰의 파출소를 습격하여 타격을 주었다. 1926년에는 두 차례나 대한민국임시정부의 국무원에 임명되었으나, 만주에서의 독립운동을 위해 취임하지 않았다.

1928년 길림(吉林)에서 정의부 대표로 김좌진·지청천·현정경·이규동 등과 두 차례나 삼부통합회의(三府統合會議)를 진행하였다. 그해 12월 혁신의회(革新議會)의 의장을 맡았으며, 민족유일당재만책진회(民族唯一黨在滿策進會)의 중앙집행위원장에 취임하여, 만주지역 독립운동의 내적인 모순점을 정리하면서 유일당 결성에 주력하였다.

만주사변 때 하얼빈 정인호의 집에 투숙 중 동지 이원일과 함께 일본경찰에게 체포되어 신의주를 거쳐 서울로 이감된 뒤, 10년형을 받고 옥고를 치르다가 1937년 3월 3일 순국하였다. 정부는 그의 공훈을 기리어 1962년에 건국훈장대통령장을 추서하였다.

▲ 마포형무소에 수감된 시아버지 일송에게 보내드리려고 하얼빈에서 찍은 사진(1934)
앞줄 왼쪽 끝이 이해동 여사 가운데 아기 안은 분이 시어머니 박순부 여사
(사진제공 명지출판사)

김구의 한인애국단 핵심 윤봉길·이봉창과
이화림

화려한 불빛 속 상하이의 밤
서러운 이방인 삼삼오오 모여 이룬 숲
서둘러 국권회복의 길 암중모색 중이었네

일본 사쿠라다몽으로 떠나는
이봉창 가슴에 안겨 준 폭탄
불발로 품은 뜻 이루지 못했어도
혼비백산한 히로히토 화들짝 놀라
그날 밤 이불에 오줌 지렸을 게다

석 달 뒤 상하이홍구 공원
물샐틈없는 수비 뚫고
단번에 날린 윤봉길의 도시락 폭탄도
여장부 이화림이 도운 거사였어라

태항산 거친 삼림 속 마다치 않고
조선의용대 끌어안고 부르던 노래
아리랑 피 끓는 함성 속에
절절이 묻어나던 조국해방의 염원

돌미나리 민들레 수양버들 잎사귀로
배 채우며 쟁취한 광복
고국은 그 이름 잊었어도
그 이름 천추에 길이길이 남으리.

이화림 (李華林, 1905.1.6 - 미상)

"한인 애국단의 핵심 멤버 3인으로는 이봉창, 윤봉길, 이화림이며 이화림은 1905년 1월 6일 평양에서 출생하여 3·1운동 참가 후 평양 일대의 독립운동가를 도왔다. 그 뒤 1930년 상해로 건너가 사격, 무술을 배웠고 일본군 밀사들을 유인하여 죽이는 등 맹활약을 했다. 이봉창이 동경에서 던진 수류탄은 이화림이 상해에서 만들어 다리 사이에 채워준 주머니에 담아 간 것이라고 한다.

그리고 윤봉길 의사 상해의거 당시에도 김구의 지시로 윤 의사와 위장 결혼, 함께 현장에 다가가 미리 상황을 파악해 두었다. 거사 당일 두 사람이 김구 앞에서 선서를 하기까지 했으나 현장으로 떠나기 직전 김구가 '두 사람을 모두 잃을 수는 없다.'고 말리는 바람에 윤 의사만 혼자 떠나게 되었다는 것이다. 의거 이후 이화림은 중산대학에서 법학을 두 학기 공부하였고 다시 의학부로 전과하여 간호사 생활도 했다고 한다.

그 이후에 공산당계열의 태항산 무장항일세력에 참가, 김학철 등과 같은 조선의용군의 일원으로 활약했고, 1940년에 낙양(洛陽) 부녀대장, 1941년에 태항산 부녀대대장을 지냈으며, 1944년 연안의대를 졸업하고 1947년부터 하얼빈시에서 의사 생활을 하였다. 중공정권 수립 후에는 북경 교통부의 위생부 간부 등을 지내고 1979년 공직생활을 마친 후 요령성 대련시 정부 시찰원 (고문직)직책을 갖고 현재에 이르고 있다."

– 《매헌 윤봉길 평전》 1992 김학준 저 p368 –

김학준 교수는 중국 길림성 연길시 〈天池〉 문학잡지사 부총편

(부주간)으로 있는 장지민 씨가 윤봉길 의사 의거 60주년 기념사업회와 조선일보사에 보내온 이화림에 대한 자료를 인용 위와 같이 밝혔다. 이 자료를 조선일보는 1991년 12월 7일 자로 다루었으니 꽤 오래된 일이지만 우리에게는 많이 알려지지 않은 이야기이다.

지금은 중국 여행이 흔해 상해를 찾는 사람들은 거의 윤봉길 의사의 유적인 홍구공원을 들르게 된다. 현재는 중국작가 노신(魯迅 '루쉰')을 기념하여 루쉰공원으로 이름이 바뀌었지만 그곳에 서면 윤봉길 의사가 폭탄을 던지던 그 함성이 들려오는 듯하다.

1932년 4월 29일 윤봉길 의사가 히로히토 천황 생일(전장절) 기념 행사장에 폭탄을 던진 사건은 한국뿐만 아니라 중국에도 일대의 파문을 일으켰다. 이 일은 장개석(장제스) 총통이 "우리 중국 사람들도 하지 못한 일을 한 명의 조선 청년이 했다."고 감탄했을 만큼 조선인의 항일 정신과 독립 의지를 세계만방에 알린 사건이었다.

이화림은 상해로 건너가기 전 평양의 고등학교 학생들이 주체가 되어 조직한 역사문학연구회에 가입하였는데 이것은 훗날 그가 사회주의 사상을 받아들이는 계기가 되었다. 당시 그의 오빠 둘은 이미 중국에서 한국독립군 사관학교를 졸업하고 독립군으로 활동하고 있었으며 이러한 오빠들의 영향도 있어 그가 평양에 머무르지 않고 국내보다는 비교적 활동영역이 넓은 중국행을 택했을 것이다.

그러나 상해에 온 이화림은 상해의 번화한 모습 속에서 한없이 작은 조선의 실체를 떠올리며 괴로워했다. 그렇다고 가만히 앉아서 괴로워할 일만은 아니었다. 그녀는 사격과 무술을 익혀 신체 단련을 하면서 김구가 이끄는 한인애국단에 찾아가서 자신의 존재를 각인시키게 된다. 처음에 김구는 이화림이 여성이라는 점과 또 간첩일지 모른다는 생각에서 선뜻 대원으로 받아 주지 않았지만 그녀의 강인함과 적극성에 김구는 이화림을 윤봉길과 이봉창과 함께 대원으로 받아들인다. 이봉창 의사가 일본으로 떠날 때 폭탄을 무사히 운반하도록 도운 이도 이화림이었다. 이봉창에 대한 인상을 이화림은 이렇게 말했다.

"적동색 얼굴빛, 짙은 눈썹 아래 정기 넘치는 두 눈, 툭 삐어져 나온 높은 관골, 우뚝한 콧마루, 갸름하면서도 선이 굵은 생김새는 퍽이나 패기 있고 당차 보였다. 김구 앞에서 선서를 끝내고 일본으로 떠난 후 다시 볼 수 없게 되었다. 거사 며칠 후 중국 신문에 "한인 이봉창 일황을 요격했으나 불행히 명중 못했음"이라는 제목 아래 이봉창 의사의 의거를 보도한 글을 보고 그의 장렬한 죽음을 생각하며 눈물을 흘렸다."

그러나 이러한 이화림(일명 이동해)의 이야기는 〈백범일지〉에는 나오지 않는다. 그것은 아마도 김구의 공산주의자들에 대한 적대적인 태도와 민족운동방식의 노선 차이를 느낀 이화림이 김구에게 결별을 고하고 떠났기 때문에 기록하지 않았을지 모른다. 그러나 이봉창이 "김구 앞에서 선서" 한 사실이나 이화림이 "이봉창의 거사" 등을 알고 있었다는 것은 완전비밀 조직인 한인애국단의 특성상 직접 겪은 사람이 아니면 발설키 어려운 증언이라고 본다.

상해를 떠나 광쩌우로 간 이화림은 중국혁명의 대부인 손문이 광동혁명기지를 창설할 때 국민혁명의 인재를 양성하기 위해 세운 중산대학 법학부에 입학한다. 당시 중산대학에는 조선학생

30여 명이 다니고 있었는데 많은 한인이 수학할 수 있었던 것은 조선인의 독립운동을 지지하는 중국지사들이 도와 주었기 때문이다. 진광화, 노민, 이정호, 이동호 등과는 조선인용진학회를 만들어 항일운동에 전념했다.

그러던 중 1936년 조선민족혁명당의 연락을 받고 남경으로 가서 입당하여 부녀대의 임무를 맡게 된다. 부녀대의 임무는 항일 선전선동 사업으로 조선인 여성들을 조직, 지도하며 중국여성들과의 연합 통일 전선을 결성하는 일이었다. 이어 1938년 10월 10일에는 무한에서 조선의용대의 창설이 있었다. 조선의용대는 좌파연합인 조선민족전선 연맹 산하의 무장집단으로 중국 관내에서 최초로 결성된 한인군사조직이었다.

민족의 반일역량을 총결집하여 나라밖에서 민족혁명 투쟁이라는 큰 목표 아래 닻을 올린 조직이다. 규모는 100~300명 수준이었지만 대원들의 지적, 언어적, 군사적 소양과 항일투쟁 경력으로 볼 때 정예집단이었다. 1939년 3월 조선의용대 본부의 소환령을 받고 계림으로 간 이화림은 부녀복무대의 부대장을 맡았다. 이들은 주로 후방에서 항일선전사업을 펼쳤다.

1940년대부터 제3지대와 제2지대는 화북으로 이동하였는데 낙양에서 2-3개월 부대정비와 대원 재훈련기간을 거쳐 1941년부터는 태항산 항일혁명근거지로 옮겼다. 근거지로 삼은 태항산은 해발 2천 미터가 넘는 산악지대로 곡식이 나지 않는 곳이었다. 주식은 강냉이와 겨를 섞어 먹었고 이마저 부족할 때는 태항산의 돌미나리를 뜯어 김치를 담가 먹기도 하였다. 또 미나리 말린 것과 겨를 섞어 만든 떡, 도토리 가루, 민들레, 수양버들 잎사귀를 뜯어 목숨을 겨우 이었다.

미나리 미나리 돌미나리
태항산 골짜기 돌미나리
한두뿌리만 뜯어도
대바구니가 찰찰 넘치는구나

이화림은 부녀대를 이끌며 도라지 타령을 개사해 만든 "미나리 타령"을 부르며 조국광복의 의지를 불태웠다. 이렇게 거친 산골짜기나 긴장감이 도는 군사조직에 몸을 둔 탓인지 이화림은 여자라기보다는 남성다운 면이 컸다. 김학철은 《누구와 함께 지난날의 꿈을 이야기하랴》에서 이화림의 인상을 다음과 같이 말했다, "이화림의 타고난 결함은 여자다운 데가 없는 것이었다. 아무리 몸에 군복을 입었더라도 여자는 여자다운 맛이 있어야 하겠는데 그것이 결여된 까닭에 그녀는 남성 동지들의 호감을 통 사지 못하는 것이었다. 나도 워낙 속이 깊지 못한, 속이 옅은, 경박한 편이었으므로 덩달아 이화림을 비웃고 따돌리고 하였으니 정말 부끄럽고 면목없다."

그러나 뒤집으면 이화림은 일부러 남자들에게 냉정했는지 모른다. 남자들이란 조금만 호의를 보여도 다른 생각을 먹기 쉬운데 군사조직에 몸을 담은 사람으로서 시정의 여자들처럼 굴지는 못했을 것이다. 이화림은 이집중이라는 조선의용대 총무부장과 결혼했으나 1939년 계림에서 만난 적이 있는 김학철 씨의 회상으로는 이미 이때부터 이화림과 남편 사이가 좋지 않았다는 것으로 보아 이혼한 것으로 여겨진다.

해방 2년 전 이화림은 조선의용군 병원에서 일하다가 1945년 1월 혁명사업의 하나로 의학 공부도 해야 한다는 결심을 하고 중국의과대학에 입학하여 의사의 길을 걷는다. 해방 후에 조국으로 돌아오지 못하고 중국 하얼빈에서 의사로, 북경에서 교통부,

위생부 간부를 하다 은퇴하였다.

　이화림 같은 항일 전사들이 우리에게 널리 알려지지 않은 것은 조선의용대와 독립동맹 출신들이 남한 사회에서 공산주의자라는 이유로 금기시되었기 때문이다. 그들이 목숨 바쳐 쟁취한 조국은 아쉽게도 남북으로 갈려 있지만 과거 한목소리로 항일독립운동에 열정을 바친 사람들에 대한 이야기는 발굴하여 그 정신을 다시 조명해야 할 것이다.

▲ 손문이 세운 중산대학, 이 대학에 이화림과 많은 조선인이 다녔다

〈더보기〉

윤봉길(尹奉吉, 1908.6.21~1932.12.19) 강보에 싸인 두 병정에게

- 두 아들 모순(模淳)과 담(淡)에게 -

너희도 만일 피가 있고 뼈가 있다면
반드시 조선을 위해 용감한 투사가 되어라

태극의 깃발을 높이 드날리고
나의 빈 무덤 앞에 찾아와 한잔 술을 부어 놓으라

그리고
너희들은 아비 없음을 슬퍼하지 말아라
사랑하는 어머니가 있으니
어머니의 교양으로 성공자가 되거라

동서양 역사상 보건대
동양으로 문학가 맹자가 있고
서양으로 불란서 혁명가 나폴레옹이 있고
미국에 발명가 에디슨이 있다

바라건대
너희 어머니는 그의 어머니가 되고
너희들은 그 사람이 되어라.

- 홍구공원을 답청(踏靑)하며 -

처처한 방초여
명년에 춘색이 이르거든
왕손으로 더불어 같이 오게
청청한 방초여
명년에 춘색이 이르거든
고려 강산에도 다녀가오
다정한 방초여
금년 4월 29일에
방포 일성으로 맹세하세.

이러한 두 편의 시를 남긴 윤봉길은 1908년 충청남도 예산에서 아버지 윤황(尹璜)과 어머니 김원상(金元祥) 사이에서 태어났다. 1918년 덕산보통학교에 입학하였으나 다음해에 3·1운동이 일어나자 이에 자극받아 식민지 노예교육을 배격하면서 학교를 자퇴하였다. 이어 최병대 문하에서 동생 성의와 한학을 공부하였으며, 1921년 성주록(成周錄)의 오치서숙(烏峙書塾)에서 사서삼경 등 중국 고전을 익혔다.

1926년 서숙생활을 마치고 농민계몽·농촌부흥운동·독서회운동 등으로 농촌부흥에 온 정성을 쏟았다. 다음해 이를 더욱 이론적으로 뒷받침하기 위하여《농민독본(農民讀本)》을 쓰고, 야학회를 조직하여 고향의 불우한 청소년을 가르쳤다.

1930년 "장부(丈夫)가 집을 나가 살아서 돌아오지 않겠다." 라는 신념이 가득 찬 편지를 남긴 채 3월 6일 만주로 망명하였다. 도중 선천(宣川)에서 미행하던 일본경찰에 잡혀 45일간 옥고를 치렀다.

1931년 8월 활동무대를 대한민국임시정부가 있는 상해로 옮겨야 더욱 큰일을 수행할 수 있을 것이라 믿고 그곳으로 가서 그해 겨울 임시정부의 김구를 찾아가 독립운동에 신명을 바칠 각오임을 호소하였다. 1932년 한인애국단의 이봉창이 1월 8일 일본 동경에서 일본왕을 폭살하려다가 실패했다.

하지만 윤봉길은 1932년 4월 29일 상해 홍구공원에서 일제의 천장절 기념식 및 전승 축하기념 식전에 폭탄을 던져 시라가와 대장을 비롯한 일본군 장교와 고관을 처단하였다. 5월 25일 상해파견 일본군 군법회의에서 사형을 선고받고 11월 18일 오사카로 호송되어 수감되었다가 12월 18일 가네자와에서 총살형으로 순국하니 그의 나이 25살이었다.

조선 여성을 무지 속에서 해방한
차미리사

시집살이에 쪼들리는 여자
무식하다고 남편에게 구박받는 여자
집안에만 들어앉아 세상 물정 모르는 여자들
야학에 불러 모아 글을 깨우치고
나라의 위기를 가르치길 수십 성상

배우지 않는 게으름으로
조국 광복 논할 수 없어
불철주야 조선 여자 일깨우려
삼천리 방방곡곡 밟지 않은 곳 그 어디랴

무궁화 꽃 심듯 일군 근화학교
왜놈들 이름 바꾸라 총 들이대
바꾼 이름 덕성은 조선 여자교육의 요람

매국의 더러운 돈 한 푼 섞지 않고
깨끗한 조선의 돈으로만 일구어
더욱 값진 학문의 전당

청각장애 딛고 일어나
조선 독립의 밑거름을 키워낸
영원한 겨레의 스승 그 이름 차미리사여!

차미리사(車美理士, 金미리사, 1880.8.21-1955.6.1)

살되 네 생명을 살아라! 생각하되 네 생각으로 하여라! 알되 네가 깨달아 알아라

"조선 여자에게는 지금 무엇보다도 직업적 교육이 필요하다고 생각합니다. 부인해방이니 가정개량이니 하지마는 다 제 손으로 제 밥을 찾기 전에는 해결이 아니 될 것입니다. 그것이 영구적이 아니라 하더라도 적어도 지금 조선여자로써는 그렇게 해야 될 줄 압니다. 그러므로 나는 새해부터는 꼭 조선여자에게 실업 교육을 시킬 기관을 조선여자교육회 안에 두고 싶습니다."
-동아일보 1926년 1월 3일-

"우리는 다 나가서 죽더라도 독립을 해야 한다. 죽는 것이 사는 것이다. 나라 없는 설움은 당해 본 사람만이 안다. 내 한목숨이 죽고 나라를 찾으면 대대손손이 다 잘살 것이 아닌가!"
−배화학교 사감 시절−

차미리사는 일제 강점기에 민족의 독립을 쟁취하려면 무엇보다도 교육운동이 시급하며 특히 여성교육이 중요하다는 사실을 깨닫고 실천한 근대 민족교육운동의 선구자이다. 차미리사의 일생은 다음 네 가지로 요약할 수 있다.

첫째, 독립운동가이며 통일 운동가였다. 차미리사는 국권회복과 통일정부 수립을 위해 일생을 바친 민족주의자였다.

둘째, 여성운동가였다. 차미리사는 민족의 독립을 되찾으려면 여성들의 자각이 필요하다고 생각하였다. 차미리사는 여성의 인

격이 무시되는 시대에 태어나 여권신장과 양성평등을 위해 일생 노력하였다.

셋째, 교육운동가였다. 차미리사는 여성들이 인격적으로 존중 받으려면 남성처럼 교육을 받아야 한다고 생각하였다. 이를 위해 3·1 민족정신을 계승하여 조선여자교육회를 세워 조선 최초의 여성야학을 시작하였다. 학교법인 덕성학원의 설립은 차미리사 교육운동의 최종 결실이었다.

넷째, 청각장애를 극복하여 가난한 이웃을 위해 봉사하고, 교육의 기회로부터 소외된 가정부인들을 교육한 사회운동가였다.

차미리사는 독립운동, 교육운동, 여성운동의 세 흐름을 주도한 보기 드문 여성 선각자였다.

▲ 미국 스캐리트 신학교 재학시절(1910~1912) (사진제공 푸른역사)

〈더보기〉

봄바람 가을비 50년 눈물의 세월 회고기

-차미리사-

"金 美理士. 나의 本姓은 車氏. 이때까지 세상 사람들이 나를 金美理士라고 부르고 나도 또한 金美理士로 행세하야 왓스닛가 일반 사람들은 나의 성이 김씨 인줄로만 알기 쉬울 것이다. 그러나 本姓은 뚜렷한 延安 車氏다. 진소위 가난한 놈은 성도 업다고 나는 약자인 녀자로 태여나온 까닭에 소위 女必從夫라는 습관에 의지하야 나의 본성을 떼여 버리고 남편인 김씨의 성을 따러서 부탁 김씨가 된 것이다. (조선습관에는 녀자가 반듯이 남편의 성을 따르는 것이 아니다. 서양이나 일본에는 녀자가 대개는 남편의 성을 따르는데 나도 예수교회에 드러갈 때에 교회습관에 의지하야 성명을 그와 가티 지엿다.) 지금와서 다시 車氏로 행세하기는 도로혀 새삼스러운 일가터서 아즉 그대로 행세를 하나 그러나 금전상 거래(例如銀行通帳)와 증명문서(證明文書)가튼 데는 車美理士로 행세를 한다.

나의 출생디로 말하면 서울에서 멀지도 안흔 고양군 공덕리(高陽郡孔德里)이다. 열일곱살되든해 봄에 그 근동의 김씨집으로 출가를 하얏섯는데 3년이 불과하야 전생의 악연이라 할지 이생의 박명이라할지 남편되는 김씨는 불행이 병으로 신음하다가 백약이 무효하고 최후에는 내가 단지(斷指)까지 하얏스나 또한 아모 효과도 보지 못하고 그는 영원한 텬당의 길로 가고 다만 일 점 혈육인 딸자식 하나를 남겨두엇

스니 그때에 나의 나히는 겨우 열아홉살이엿다. 지금가트면 과부가 시집가기를 례사로 녁이지마는 그때만하야도 여간 행세낫이나 하는 사람의 가뎡에서야 찰아리 죽으면 죽엇지 그러한 생각인들 념두에나 먹엇슬 수 잇섯스랴.

다만 어린 딸을 다리고 친가로 도라와서 눈물겨운 고독한 생활을 하며 무정한 세월을 보낼 뿐이엿다. 그때에 우리 고모님 한 분이 게시엿는데 그는 역시 나와 가튼 방명한 과수택으로서 텬주교(天主敎)를 신앙하다가 중도에 신앙(信仰)을 고치여서 북감리교파(北監敎派)인 상동례배당(尙洞禮拜堂)에를 다니엿섯다. 그는 나의 고독한 생활을 불상히 녁이시고 특히 권유하야 하눌님의 사랑을 밧게 하엿섯다. 그때만 하야도 녀자들이 밧갓 출입을 잘들 하지 안코 간혹한다하여도 교군을 타거나 그럿치 안흐면 장옷이나 치마가튼 것을 쓰고 다니던 때이라. 나도 역시 치마를 쓰고 상동례배당 출입을 하게 되엿다.(중략)

나는 신심이 그와 가티 구든 이만큼 교회의 여러사람에게 만흔 신용을 어덧섯다. 그때 가튼 녀자 신도 중에 도신성(趙信聖)이라 하는 동모는 그 중에 선각자로서 항상 나를 권유하야 미국으로 류학가라고 하엿섯다. 그의 충동을 바든 나는 외국에 류학하고 십픈 렬이 날로 타오르기를 시작하얏섯다. 그러나 그때이나 지금이나 돈업는 사람은 아모리 큰 뜻이 잇서도 엇지 할 수 업는 터이다. 다만 혼자 마음에만 애를 태울 뿐이더니 마츰 엇던 친한 이의 소개로 서양사람 선교사「홀벗트」를 알게 되매 그는 나의 뜻을 가상히 생각하고 중국소주교회(中國蘇州敎會)에 잇는「고」목사에게 소개하야 먼저 중국으로 가게 되엿섯다.

70이 넘은 늙은 어머니와 아버지도 업는 여섯 살 먹은 어린 딸을 다 버리고 산설고 물설은 외국으로 가는 것이 참아 인정에 못할 일이지마는 류학렬이 가슴에 탱중한 나는 그것도 저것도 다 이저 버리고 다만 교회와 趙信聖氏에게 집의 일을 부탁하고 표연히 소주로 향하얏섯다. 소주에 가서는 신학교에 입학하야 약 4개년 간을 신학전공을 하얏섯는데 공부에 넘우 렬심한 까닭이든지 이역풍토에 고생을 넘우한 까닭이든지 격렬한 뇌신경병에 걸니여서 여러 달 동안을 신음하얏섯다. 일시에는 위험한 상태에 까지 이르엇섯다. 지금에 나의 귀가 어두서서 신문이나 잡지 긔자의 붓끗에 조롱을 잇다금 밧게 된 것도 그때에 생긴 병이다. 그 뒤에 미주(米洲)에 가서 잇기는 약 9개년 동안이엿는데 거긔서도 공부한 것은 역시 신학(神學)이오, 거긔에 가게 된 것도 역시 교회의 일로 가게 된 것이엿다.

　내가 米洲에 잇슬 때에는 공부보다도 사회의 일에 비교적 만흔 활동을 하얏섯다. 혹은 국민회(國民會) 혹은 신문사 혹은 부인회, 긔타 각방면으로 거긔에 잇는 여러 동지들과 가티 일을 하얏섯다. (중략) 처음의 생각에는 조선 13도를 방방곡곡으로 도라다니며 구경도 하고 동지들도 만히 모화 무슨 사업을 하랴고 하엿섯더니 교회에서 나를 붓잡고, 또 배화녀학교의 일을 맛터보라고 함으로 그역 저버리지 못하야 그 학교에서 교편을 잡은 것이 그럭 저럭 10개 성상을 보내게 되엿섯다.

　긔미년에 만세운동이 이러난 뒤로 나는 무슨 충동이 잇섯든지 구가뎡의 부인들도 한번 가르처 보앗스면 하는 생각이 나서 거긔에 대한 결심을 하고 다년간 정드럿든 배화학교를 사퇴하고 새문안 염정동(鹽井洞) 례배당의 디하실을 비러 가지고 부인야학을 설시 하얏스니 이것이 곳 오늘날 근화녀학교(槿花女學校)의 전신이다. 그와 동시에 여러 부인 동지들과 또 조선녀자교육협회를 조직하야 혹은 서울로 혹은 디방으로 도라다니며 순회강연도 하고 순회 소인극(素人劇)도 하야 만텬하인사의 다대한 환영도 밧고 원조도 어더서 불완전하나마 근화녀학교의 긔초를 학립하게 되엿다. 현재 청진동에 잇는 녀자교육협회의 소유가옥은 가격으로 말하면 몃 천원어치에 불과하지마는 그것은 서양사람의 돈이나 긔타 외국사람의 돈이라고는 한푼도 석기지 안코 순연한 우리 조선사람의 뜨거운 사랑과 땀과 피의 결정으로 생긴 것이다. 그것은 우리 녀자교육협회 또는 우리근화녀학교의 한 긔초재산이다. "

－잡지 〈별건곤〉 제11호, 1928년 2월 1일자 '春風秋雨 50년간에 多淚多恨한 나의 歷史'에서 _

심훈의 상록수 주인공 안산 샘골 처녀선생
최용신

섬섬옥수 무궁화 수를 놓아
삼천리금수강산 가르치던 스물셋 처녀 선생님
가갸거겨 글 가르쳐 민족혼 일깨우며
밤낮으로 독립의 끈 놓지 않게 타이르신 이여

어느 해 메마른 겨울
장이 꼬이도록 몸을 살피지 않고
열정을 쏟으시더니
끝내는 스물여섯 꽃다운 나이에
꽃상여 타고 코흘리개 곁을 떠나던 날

넘치던 샘골의 물이 마르고
하늘의 물도 말라
마을 아낙들 마른 울음소리만 가득했네

코흘리개 녀석들
엎어지고 자빠지며 상여 뒤쫓아가는 길
꽃상여 위로 흰 눈송이만 하염없이
내리었다네.

최용신(崔容信, 1909. 8.12 - 1935. 1.23)

"요사이 여학교 교육쯤은 하루 저녁의 활동사진 정도로 여기고 있는 이웃사람들의 주고받는 이야기를 듣고 나는 무릎사이에 머리를 묻고 공포에 떤다. 저 허영의 탁류가 도도히 흘러가는 속에 휩쓸려 떠나가려는 여성군의 환상을 보는 내 가슴이 어찌 설레지 않으랴. 에이는 듯 아프지 않으랴. 딸들아! 일체의 타협을 배제하고 달갑게 가시밭길을 걷자. 개척자들의 앞길에 어찌 가시밭이 없겠느냐. 그러나 우리들이 밟고 간 저 가시밭길은 분명히 모두 꽃밭으로 변하게 될 것을 의심치 않는다. 연지 붉은 입술과 비단 치마로 노리개 노릇을 하다가 늙어 한 생이 스러진다면 얼마나 안타까운 일이랴.

화병에 꽂히는 열매 없을 꽃이 되기를 생각지 말고 깊이 땅 속으로 들어가자. 뿌리가 되고 거름이 되어 꾸준한 생을 살자. 그리하여 먼 앞날에 우리의 바라는 꽃을 봄 동산에 흠씬 피워보자. 딸들아! 우리 역사의 남다른 고난의 길은 건전한 여성의 뿌리가 없었기 때문이다. 썩은 뿌리에서 아름다운 꽃과 흐드러진 열매를 구함은 어리석은 일이 아니고 무엇이랴. 이 나라의 역사는 너희들의 각성과 아름다운 희생으로서만 튼튼하게 길을 걸어 갈 수가 있는 것이다. 나는 오늘 너희들에게 긴 편지를 쓰기로 결심하였다. 그것은 최용신 양의 아름다운 선구자의 모습을 너희에게 알리고 싶어서이다. 이 빈약한 여성사에 있어서 최 양은 확실히 너희들의 빛이 될 만하다."

이 글은 원예학자 유달영 교수가 지은 《최용신 양의 생애》라는 책 첫 장에 나오는 말이다. 유달영 교수는 1933년 수원농업고등학교 재학 중에 최용신 선생을 만나게 된다. 그는 농촌계몽운동에 대한 의논차 수원농고를 찾아온 최용신의 인상을 "흰 적삼에 짤막한 검정치마를 입은 한 여성이 양산을 꼿꼿이 세워 받치고 버들가지가 바람에 나부끼는 농업시험장 다리에 이르렀다. 나이는 24세 정도로 키는 중키에 날씬한 편이었으나 얼굴은 마마로 얽은 것이 인상적이었다."라고 회상하고 있다.

마마란 다름 아닌 천연두를 말하며 최용신은 다른 사람보다 곰보자국이 심했다고 한다. 그래서 한때는 얼굴이 얽은 것에 대한 부끄러운 마음을 가진 적이 있으나 기독교에 입문하면서 "육신은 언젠가는 땅으로 돌아가는 것이며 정신만이 오래도록 남는 것"이라는 철학으로 당당해졌다고 한다.

심훈의 상록수 모델이 된 최용신은 함경남도 덕원(德原) 출신으로 식민지 수탈에 의해 피폐한 농촌사회의 부흥을 위해 농촌계몽운동으로 일생을 바친 독립운동가이다. 그가 농촌계몽운동에 몸을 바치기로 결심한 것은 1928년 함남 원산의 루씨여고보(樓氏女高普)를 졸업하고 협성여자신학교에 들어가면서부터였다. 이때 그는 "조선의 부흥은 농촌에 있고, 민족의 발전은 농민에 있다."라는 생각에서 농촌계몽운동에 투신하기로 한다.

조선여자기독교청년회연합회(YWCA) 총회 때 협성학생기독교청년회(협성학생YWCA)의 대표로 참가한 그는 본격적으로 YWCA의 농촌계몽사업에 참가하였는데 1923년 창립된 조선 YWCA가 도시 중심의 활동을 펴다가 농촌계몽사업에 뛰어든 것은 1927년 무렵부터였다. 당시 조선YWCA는 피폐한 식민지 농촌사회 현실을 직시하고 활동의 중심을 농촌으로 옮겨가고 있었다. YWCA의 농촌사업은 농민의 의식계몽을 위한 농촌강습소와 야학 등이 중심을 이루었다. 그는 이러한 YWCA의 농촌사업에 적극적으로 참여하여 1929년에는 황해도 수안(遂安)과 경북 포항에 파견되어 농촌계몽운동을 전개하였다.

최용신이 경기도 안산 샘골 (당시는 경기도 화성군 반월면) 천곡(泉谷:샘골)으로 온 것은 1931년 10월로 그는 예배당을 빌려 한글·산술·재봉·수예·가사·노래·성경같은 것들을 가르치기 시작했다. 하지만, 처음부터 순조로웠던 것은 아니다. 마을 주민들의 몰이해와 냉대 그리고 질시를 참아 내야 했다. 더 참기 어려운 것은 왜경의 감시와 탄압을 이겨내는 일이었으며 거기에 야학을 운영하기 위한 재정의 어려움도 크나큰 시련이었다.

　그러나 최용신의 헌신적 노력으로 현지 주민의 이해를 얻어낼 수 있었고, 어려운 중에도 학원 운영에 필요한 경비를 YWCA와 현지 유지의 기금으로 마련할 수 있었다. 그리하여 야학은 샘골에 발을 들여 놓은 지 일곱 달 만인 1932년 5월 정식으로 강습소 인가를 받았다.

　8월에는 천곡학원(泉谷學院) 건축발기회를 조직하고 그곳 유지와 YWCA의 보조로 새로운 교실 건축을 시작하여 1933년 1월 15일 완성 시켜 새 보금자리에서 교육을 할 수 있게 되었다. 그러나 1934년부터 YWCA의 보조금이 끊어지고 천곡학원의 운영이 극도로 어려운 상황에서 그는 이 학원을 살리려고 다방면으로 온갖 노력을 다하던 중 1935년 1월 23일 지나친 과로 탓에 사망하였다. 그의 장례식은 당시로는 드문 사회장으로 치렀는데 이날 무려 500여 명이 상여를 따랐을 정도였다고 한다.

　그가 죽자 당시 여러 신문에서 최용신의 헌신적인 삶을 조명하는 글을 대서특필하게 되었고 때마침 동아일보의 농촌계몽소설 현상 공모에 심훈이 이를 토대로 한 '상록수(常綠樹)'를 써서 당선됨으로써 소설 속의 실존인물 최용신은 널리 알려지게 되었다.
　정부에서는 고인의 공훈을 기리어 1995년에 건국훈장 애족장을 추서하였고, 2005년 1월 '이달의 독립운동가'로 선정하여 그의 나라사랑 정신을 기렸다.

썩은 한 개의 밀알

(2)

브나로드의 先驅者
故崔容信孃의 一生

언레리 女性들아
여기에 한번 눈을 던지라

▲ 조선중앙일보(1935.3.3) "썩은 한 개의 밀알" 최용신양의 일생

〈더보기〉

경기도 안산 샘골 무덤을 찾아서

경기도 안산에 있는 최용신 애국지사의 무덤을 찾아가던 날은 노오란 은행잎이 떨어져 뒹굴고 바람이 다소 쌀쌀하게 불던 날이었다. 초행길이었지만 최용신 여사의 발자취와 숨결을 느낄 수 있는 길이라 생각하니 가슴이 설레었다. 이곳에는 최용신 기념관이 들어서 있는데 기념관이 들어서기 훨씬 전부터 최용신 여사의 삶을 흠모하여 자료를 모으고 그의 애국운동을 알리는 일을 하고 있는 최용신기념사업회 전 김명옥 회장과 연락이 닿아 최용신 여사의 무덤과 기념관을 안내받았다.

1997년 1월 8일 김명옥 회장은 《최용신 양의 생애》를 쓴 유달영 교수와 인터뷰를 했는데 이 기록을 보면 당시 심훈의 《상록수》 집필 사정과 최용신 여사에 대한 상세한 이야기를 알 수 있다. 인터뷰는 《최용신의 생애, 유달영, 재단법인 성천문화재단 발행, 1998》에 자세히 나와 있는데 일부를 소개한다.

김명옥 : 그러면 그때 심훈 씨가 샘골에 직접 찾아와서 조사했나요?
유달영 : 그야 물론이지. 샘골에 찾아가서 최 양의 활동 상황과 업적을 대강 알아보고 돌아가서 '상록수'를 구상하고 집필한 것이지. 심훈은 상록수로 일류작가가 되었고 동아일보의 현상모집소설이라

상금으로 많은 돈도 받았지. 그리고 상록수는 그 후 장기 베스트셀러가 되었지요. 그런데 마을 사람들이 그 소설을 읽어 보고 모두들 분개 했어요. 상록수의 내용과 최 선생의 생애가 전연 다르다고 야단법석들이었어요. 그래서 내가 그랬지 소설이란 재미있게 만들어서 쓰는 것이지 모델이 있다고 해도 사실 그대로 쓰진 않는다. 그러니 그것을 문제 삼지 말라고 샘골동네 사람들을 무마시켰지요.

유달영 교수는 김명옥 회장과의 인터뷰에서 "한국에 이러한 훌륭한 여성이 있는데 이런 분의 생애는 전기를 써서 많은 조선사람에게 읽혀서 알게 해야 한다. '상록수'가 그분을 모델로 해서 쓰였지만 그것은 실제와는 많이 다르니까 스승인 김교신 선생님께 최용신 선생의 전기를 꼭 쓰십사 했는데 결국은 선생님이 나더러 전기를 쓰라고 하셔서 쓴 것이 이 책이지. 이 책은 일제의 검열을 용케 통과했으나 1942년도에 민족정신을 키우는 고약한 책으로 분류되어 〈성서조선〉에 10년간 연재하던 것을 모두 압수당하고 정규독자 300여 명도 모두 붙잡혀 들어가 취조를 당했다." 라고 했다. 다시 인터뷰로 가보자.

김명옥 : 최용신 선생의 정신은 무엇인가요?
유달영 : 그의 일생은 일제 식민통치의 시련 속에서 하나의 값진 작품이었지. 우리나라가 일본의 식민지가 되지 않았거나 일본에 의한 시련이 없었다면 최용신 양이 샘골에서 3년 동안 열심히 일했다고 해서 누가 대단한 역사적 인물로 다루겠어. 최 양은 그 시대에 목숨을 걸고 민족을 극진히 사랑한 인물이었

지. 가난한 농촌발전을 위한 활동과 교육을 받지 못
한 여성계몽의 선구자적 활동 등 모두 초인적이었지.
보통으로는 할 수 없는 일들이었어.

　이십대의 청년이 최용신기념사업회장을 맡아 누구보다도 열
심히 뛰던 김명옥 전 회장은 40대의 중년이 되어 무덤을 찾은
나에게 최용신 선생의 삶에 대해 많은 이야기를 들려주었다.
　안산 샘골에 심은 최용신 여사의 본보기적 삶을 널리 알리고
자 누구보다도 열심히 뛰어온 김명옥 전 회장의 눈은 빛나고 있
었다.

▲ 최용신 기념사업회를 이끈 김명옥 회장과 최용신 애국지사 무덤에서

여성을 넘고 아낙의 너울을 벗은
한국 최초 여기자

최은희

보아도 예사로 보지 않고
들어도 예사로 듣지 않던 열여섯 소녀

종로의 만세운동 앞장서다 잡혀갔어도
황해도 배천의 만세운동 또 앞장선 것은
흐르는 피돌기 속 유전인지라

천석꾼 친정아버지
재산 풀어 학교 만들고
우국지사 모아 나라 걱정 하던 일 보고 자라매
하나도 놓치지 않아

동경 유학 시절 기모노 속
유달리 한복을 고수하고
일본 애들에게 질 수 없다
억척스런 공부는
조선의 힘을 키우기 위한 것

붓끝 움직임마다 여성들이 일어서고
붓끝 휘두를 때마다 남성들이 각성하니
삼천리 조선 땅이 비좁았어라

숨지기 전 사재 털어
후배 여기자 상을 만들고
소중한 책과 애장품들
박물관에 기증하니

욕심도 내려놓고
명예도 내려놓은

깨끗한 가을 아침 이슬처럼
살다간 이여!

최은희(崔恩喜, 1904.11.21-1984. 8.17)

"최은희는 한국 최초 여기자이며 최초로 전파에 목소리를 싣고 민간인으로는 최초로 서울 상공을 난 여성"이라는 수식어가 따라다닐 만큼 지식인으로 일제강점기를 살아낸 여성 선각자이다.

황해도 연백출신으로 최은희의 어린 시절은 유복했다. 최은희 집은 오천여 평에 백간(百間)이 훨씬 넘는 집이었는데 서울 어느 재상 퇴물이 내려와서 살던 집에 아버님이 스물다섯 간 산장을 신축하여 화월정이라 불렀고 이곳에는 우국지사들이 드나들었다. 1905년 을사조약 이후 그들은 '민족의 살길은 교육밖에 없다.'고 하면서 희망의 대상을 학생으로 삼아 개인재산을 털어 학교를 지었고 아버지는 가끔 최은희가 다니던 학교에 와서 책상을 주먹으로 치며 연설을 하곤 했다.

강제병합이 된 1911년 2월 11일 일본 수비대에서는 일본의 기원절이라고 집집마다 일장기를 나눠주었는데 아버님은 "내 눈에 흙이 들어가기 전에는 내 집 대문에 일장기는 못단다."고 할 만큼 일제의 식민지 정책에 단호한 분이셨다.

3·1만세운동이 있기 하루 전인 2월 28일 저녁 경성여자고등보통학교에 다니던 최은희는 박희도 선생의 지시를 받게 되는데 그것은 "내일 오전 파고다공원으로 전체 학생을 인솔하고 나오라."는 것이었다. 이에 최은희는 당시 기숙생들과 통학생들에게 이 사실을 모두 알렸다. 여학생들은 온종일 시가를 누비고 다니며 독립만세를 외쳐댔다. 상가는 철시했으며 시내는 온통 만세시위뿐이었다.

저녁 무렵 최은희는 동료 32명과 헌병에 체포되어 남산 경무
출감부로 끌려갔는데 30명은 훈방 조치되고 최은희와 최정숙
은 죄질이 무겁다고 감방 신세를 져야 했다. 3월 27일 풀려나
황해도 배천(白川) 고향으로 내려가자 이곳은 아직 만세운동이
번지지 않았다. 고을에 나타난 최은희가 도화선이 되어 형부인
송흥국을 비롯한 마을 청년들이 태극기와 안내문들을 만들어
만세운동을 펼쳤는데 모두 최은희 집에서 어머니의 도움으로
만든 것들이었다.

그 일로 또다시 여섯달의 징역살이를 하고 이후 동경유학길에
오른다. 동경유학기간 중에도 최은희는 한복을 즐겨 입었는데
당시에 동경에서 한복차림은 "죠센징짱골라"라는 소릴 들었
지만 개의치 않았다. 공부도 일본 애들에게 지지 않으려고 열심
히 했다. 워낙 조선에서도 공부를 잘하던 최은희였기에 영어과
목은 월반을 할 정도였다.

1924년 일본여자대학 사회사업학부 3학년을 중퇴하고 조선
일보에 입사하여 1931년까지 조선일보 기자·학예부장을 지냈
고, 1927년 근우회(槿友會) 중앙위원, 1948년 대한부인회 서울
시부회장, 대한여자국민당 서울시당수(1962), 한글학회 지도지
원(1971), 3·1국민회의 대표위원(1971~1973), 3·1운동여성참가
자봉사회장(1981)등을 역임하면서 사회활동에 전념하였다.

세상을 뜨기 2년 전 모든 재산을 정리, 조선일보사에 5,000만
원을 맡겨 '한국여기자상'을 제정하였으며, 모든 자료는 한
국가정법률상담소에, 그리고 가재도구는 국립중앙박물관에 기
증하였다. 저서로는 자신의 걸어온 길을 쓴 《씨뿌리는 여인》
(1957), 《근역의 방향》(1961), 《조국을 찾기까지》(1973), 한
국여성근대사를 정리한 《여성전진 70년》(1980) 등이 있다.

정부에서는 고인의 공훈을 기리어 1992년에 건국훈장 애족장을 추서하였다.

▲ 서재에서 집필 중인 최은희 여사 (사진제공 탐구당)

나라를 되찾겠다고 부른 만세운동이 어째 죄가 되느냐?

〈崔恩喜 신문조서〉

위 피고인에 대한 보안법 위반 사건에 관하여 大正(1919) 8년 3월 7일 京城地方法院 검사국 / 朝鮮總督府 검사 玉名友彦 / 朝鮮總督府 재판소 서기 吉田睃

열석한 후, 검사는 피고인에 대하여 신문하기를 다음과 같이 하다. (중략)

문: 그때 3월 1일에 조선독립선언서를 낭독하는 데 관하여 國民大會가 개최된다는 등의 이야기는 없었는가.

답: 듣지 못하였다.

문: 講和會議에 대한 것은 듣지 못하였는가.

답: 학교에서나 교회에서도 그러한 말은 듣지 못하였다.

문: 3월 1일에는 등교하였는가.

답: 오후 2시까지였으나, 조금 일찍 끝났다.

문: 그날 오후에 기숙사를 나와 시내로 나왔었다는데, 무슨 용무가 있었는가.

답: 기숙사 근처에서 만세 소리를 들었고 잠시 후 동료들 20명 정도가 문밖으로 나갔다. 그로부터 그 소리를 따라서 鍾路까지 갔는데, 수많은 사람들이 모여서「만세 만세」하고 외치고 있었으므로 나는 장래 조선이 독립할 희망이 있는 것이라고 생각하고 기뻐서 만세를 불렀던 것이다.

문: 그 鍾路通에는 몇 사람 정도의 군중이 있었는가.

답: 수천 명 정도 있었다.

문: 그 후 군중 속에 뛰어들어 후열에 열을 지어서 昌德宮·安國洞·光化門·西大門 근처까지 만세를 부르면서 걸어 다녔는가.

답: 그렇다. 그리고 나서 大漢門으로 갔다가 本町通으로 갔다.

문: 독립의 선언 등이 있다는 것을 미리 듣고 있지 않았는가.

답: 아니다.

문: 國民大會가 개최된다는 것은 알고 있었는가.

답: 몰랐다.

문: 이러한 선언서와 격문을 본 일이 있는가.

　(領 제330호의 1·2·3을 보이다.)

답: 본 일이 없다. (후략)

위를 錄取하여 읽어 들려주었던 바, 틀림없다는 뜻을 승인하고 자서하다.

　　　　　　　　　　　　피고인 崔恩喜

작성일 大正 8년 3월 7일

서기 京城地方法院 검사국

朝鮮總督府 재판소 서기 吉田畯

신문자 朝鮮總督府 검사 玉名友彦

본 조서는 출장지인 警務總監部에서 작성하였으므로 소속관서의 印을 찍지 못함.

　　　　　　－韓民族獨立運動史資料集 14(三一運動 Ⅳ)－

이화동산에서 독립정신을 키운 호랑이 사감
하란사

멀고먼 태평양 바다 건너
어린 젖먹이 두고 떠나는 유학길
갈매기도 애처로워 따라붙었네

조선인 불굴 의지
신천지에 새로 심고 금의환향하던 날
이화동산에서 반기던
배꽃처럼 희고 고운 처녀들

연애도 뒤로하고
유행도 뒤로하고
빼앗긴 고국을 되찾으려
호랑이 사감 되어
다독이던 그 굳은 의지
고종황제와 엄비조차 신임하던
우국의 여인

어느 친일분자의 독약에 뜻 못 펴고
이역 땅 북경에서 눈 감았네

아! 슬프도다.
그 장대한 뜻 펴지 못함이.

하란사(河蘭史, 1868-1919. 4. 10)

　경술국치라하면 1910년의 일로 이 무렵 민족지도자들은 대거 사립학교에 포진하여 자라나는 학생들에 대한 희망을 걸고 교육에 온 힘을 쏟았는데 이화(梨花) 하면 하란사를 꼽을 만큼 역량을 한껏 발휘했다.

　하란사의 본명은 김 씨이고 본관은 김해인데 남편 하상기(河相驥)의 성을 따서 하씨로 바꿨다. 한국 풍습에는 결혼하여 성을 바꾸지는 않지만 서양에서는 남편의 성을 따르듯 당시 개화의 물결로 기독교가 들어오면서 세례명을 쓰거나 성을 바꾸는 경우는 흔히 볼 수 있는 일이다. 덕성여대를 세운 차미리사의 경우도 본래는 김미리사였음에도 남편 성을 따른 차미리사로 더 알려졌다.

　남편 하상기가 인천 감옥소의 별감일 때 어린 나이에 1남 3녀를 둔 하상기의 후처로 들어간 내력은 알려져 있지 않다. 남편의 지위가 올라감에 따라 생활이 여유로워졌지만 그에 안주하지 않고 개화의 물결을 빠르게 깨달아 문명을 선도하는 여성으로 자라게 되었다. 또한, 후처라고 해서 무시당하거나 업신여기는 일이 없었을 뿐 아니라 "우리외가에서는 상하친척이 하란사 할머니에 대한 대접이 극진했어요. 할머니는 엄하시면서도 집안을 화목하고 법도 있게 잘 다스렸다."고 말하는 손자의 말이 이를 뒷받침해 주고 있다.

　하란사는 이화학당 문을 두 번 두드렸으나 기혼여성으로 거절당하자 1890년대 어느 날 밤 이화학당을 찾아갔다. 그리고는 프라이 학장 앞에서 촛불을 훅하고 꺼 보이며 "우리가 캄캄한 게 이 등불 꺼진 것과 같으니 우리에게 밝은 학문의 빛을 열어 주시오 라고 애원하여 입학시켰다."고 프라이 학장은 수기에서 밝혔다.

그와 같이 당차고 자신의 앞날을 개척하려는 마음으로 가득한 하란사였기에 젖먹이를 떼어놓고 지금도 쉽지 않은 미국유학의 길로 떠날 수 있었을 것이다. 더 가상한 것은 그녀가 한국인 최초의 자비 유학생이었는데 이는 농상공부공무국장(農商工部工務局長) 시절 의병(義兵)을 지원했다는 죄로 통감부에서 쫓겨난 남편 하상기의 적극적인 후원 덕이다. '외조의 왕'이 이미 1900년대에 있었으니 남편 하상기는 놀라운 선각자이다.

하란사는 귀국하여 1906년 이화학당 교사 겸 기숙사 사감으로 취임하였는데 기숙사생들에게 오는 편지를 일일이 검열할 정도로 엄격했으며 학생들이 공부에 전념하도록 가르쳤다. 이때 그는 덕수궁에도 드나들며 고종황제와 엄비의 자문에 따랐는데 고종은 하란사에게 궁중 패물을 군자금으로 주어 의친왕과 함께 나라밖 일을 시작하도록 계획했다. 또한, 한일의정서, 협약, 합병조약 등의 원문과 외국의원들에게 보낼 호소문을 작성하여 하란사로 하여금 파리강화회의에 보내 윌슨대통령에게 호소하려 했으나 그만 1919년 1월 하순 고종이 갑자기 승하하는 바람에 무산되고 말았다.

한국 초대 여기자인 최은희 씨는 이때 일을 두고 "궁중의 발표가 있기 전 하란사가 국상을 먼저 알고 비밀리에 소식을 전한 것을 보면 의친왕을 통해 독립운동가들끼리 긴밀한 연락을 하며 크게 활약한 것임에 틀림없다." 라며 당시 이 이야기를 들은 신흥우 박사를 만나 들은 이야기로 회고하고 있다.

하란사는 교육현장뿐 아니라 여류 연사로서도 뛰어났다. 1907년 진명학교 주최로 열린 집회에서 여성교육의 필요성을 역설하는 연설을 하였으며, 자혜부인회에서 주최한 집회에서는 김윤식·유길준 등 당대의 이름난 남성들과 어깨를 나란히 연설을 하였다. 또한, 1910년 신흥우 박사와 함께 미국에서 열린 감리교 집회에 우리나라 여성대표로 참석하였으며, 그 뒤에도 몇 차례에 걸쳐 미국에 가서 우리나라를 소개하는 연설을 하여 받은 돈으로 당시에는 귀중한 풍금을 이화학당에 내 놓아 학생들 교육환경 개선에도 힘썼다.

1919년 일제의 강제병합이 단행되자 기독교 전도를 곁에 내세워 교인들에게 일본을 배척하는 의식을 심어주었는데 이는 수년 전부터 해오던 일로 서울 교외 9개 교회를 돌아가면서 주일예배에 참석하고 1,400여 호 가정을 방문하는 등 전도를 가장한 민족혼 심기를 했으며 이들을 야학과정에 불러내어 교육을 했다.

그러나 하란사의 국내외 눈부신 활약은 국권상실 직후부터 일본경찰의 요시찰 대상이 되었다. 1919년 파리평화회의에 우리나라 여성대표로 참석하려는 계획이 일본경찰에 알려져 중국으로 망명하였다가 곧바로 북경에서 병으로 객사하는 불운을 겪는데 일설에는 일제간첩 배정자가 미행했다는 이야기도 있는 등 독살 사망설이 있다. 이는 장례에 참석했던 미국 성공회 책임 베커 씨의 "시체가 시커먼 게 독약으로 말미암은 타살로 추측된다"라는 증언이 뒷받침해준다. 국권 상실기의 여성교육자요, 독립운동가인 쉰한 살의 아까운 인재가 일제의 모략으로 희생된 것이다.

정부는 고인의 공훈을 기려 1995년 애족장을 추서하였다.

▲ 한국인 최초의 자비 유학생 하란사 여사

경술국치 이후 민족지도자는
거의 사립학교 교원이었다

- 교가(校歌)나 교표(校票)도 한 몫-

일제 치하에서 교육 이념을 드러내지는 못했다. 그러므로 교가(校歌)나 교표(校票) 등을 통하여 민족 교육 이념을 나타낼 수밖에 없었는데 어떠한 방법으로라도 교육 이념을 제시한다는 것은 교육상 중요한 일이 아닐 수 없었다. 경술국치 후 비로소 많은 학교에서 교가(校歌)를 만들어 불렀던 점이 그것을 말하고 있으며, 그 교가는 거의 당시의 민족 지도자가 작사한 민족적이며 항일적인 기상을 담고 있는 점, 또 한편 근대적 자유이념을 구가하고 있는 점이 모두 경술국치를 당한 처지에서 조직적으로 민족교육운동을 펼쳐야 했던 의도적 노력의 표현으로 봐야 할 것이다.

정신(貞信)여학교처럼 이미 구한말에 교가를 만든 학교도 있지만 대부분 경술국치 후에 작사하였다. 동덕(同德)여학교가 1911년에, 배화(培花)여학교가 1912년에 만들었다. 조동식이 작사한 동덕여학교의 교가 2절 후단을 보면, "동해물과 백두산이 마르고 닳도록 하나님이 도와 주사 우리나라 만세" 라고 애국가의 첫 소절을 거의 그대로 넣을 정도로 나라를 되찾기 위한 마음을 심으려고 학생들에게 부르고 외치게 했던 것이다.

교가뿐 아니라 교훈(校訓)과 모표(帽票) 등도 대개 이때에 만들어져 보성전문학교는 아예 구 황실을 상징하는 이화(李花)를, 중앙학교는 무궁화를 모표에 표현하여 직선적으로 항일학교의 기상을 드높이고 있는데, 이와 같은 경술국치 직후 일련의 작업은 국권 회복을 위한 교육 전열의 정비와 강화현상으로 파악해야 할 것이다.

　그러한 민족교육의 시대적 중요성 때문에 당시의 민족지도자는 거의 사립학교의 교원으로 일했다. 배재의 현순·신흥우·이성렬·이중화, 진명의 김인식, 이화의 하란사(河蘭史),(중략) 서간도 신흥학교의 이회영·이상룡·김동삼, 미주(美州) 네브라스카 소년학교나, 국민군단(國民軍團)의 박용만, 한인여자학원의 이승만 그리고 안창호의 흥사단(興士團) 등을 들 수 있다.
〈독립운동사 제8권 : 문화투쟁사〉 독립운동사편찬위원회, 1976, p327

아직도 서간도 바람으로 흩날리는 들꽃
허은

대대로 내려오던 큰 종택
임청각 안주인
고래 등 같은 집 뒤로하고
만주땅 전전하며 독립군 뒷바라지
스무 해 성상이었어라

빼앗긴 나라 되찾기 전
조선땅에 유골조차 들이지 말라며
숨져간 석주 할아버님
낯설고 물 선 땅에 묻고 돌아설 때
두런거리던 밤하늘의 별들 조차 시리던 그 밤

밤이 가고 아침이 되면
얼어붙던 가슴 녹여 줄
찬란한 태양이 뜨리라며
한시도 잊지 않은 조국 광복의 꿈
실타래 엮듯 서리서리 품어와
풀으리라던 다짐 다시 꼬였네

밥 먹듯 드나들던 형무소 고문으로 숨져간 남편
장사 치를 돈도 없이
올망졸망 일곱 남매 데리고
남의 집 문간방 떠돌던 반백의 시간이여

애달픈 운명의 사슬 속에 엉켜버린 삶
그러나 누울지언정 꺾이지 않고
서간도 모진 바람 견뎌온 님은
노오란 한 송이 꽃이었어라.

허은 (許銀, 1907.1.3-1997.5.19)

"서간도의 추위는 참으로 엄청나다. 공기도 쨍하게 얼어붙어 어떤 날은 해도 안보이고 온천지에 눈서리만 자욱하다. 하늘과 땅 사이엔 오로지 매서운 바람소리만 가득할 뿐이다." 만주벌 혹한을 기억해내는 허은 여사가 남긴 《아직도 내 귀엔 서간도 바람소리가》에는 빼앗긴 나라를 되찾고자 만주 일대에서 추위와 배고픔에도 굴하지 않고 고군분투하던 수많은 애국지사와 동포들의 이야기가 꺾이지 않는 생명력의 들풀처럼 잔잔히 펼쳐져 있다.

허은 여사는 대한민국임시정부의 초대국무령(대통령)인 석주 이상룡 선생의 손자며느리이자, 한말 의병장이던 왕산(旺山) 허위 집안의 손녀로 1907년 경북 선산군 구미면 임은동에서 아버지 허발과 어머니 영천 이씨 사이에 3남 1녀 중 외동딸로 태어났다. 8살 때인 1915년 음력 3월 15일 가족들은 고향을 떠나 배고픔과 굶주림이 기다리는 서간도로의 긴 여정에 올랐다. 그것은 독립운동을 위한 투쟁의 첫걸음이었지만 여덟 살 소녀가 이해하기에는 많은 시간이 흘러야 했다.

열여섯 살 나던 1922년 늦가을 흰 눈송이가 펑펑 내리던 날 친정을 떠나 2천8백 리나 떨어진 완령허 화전현으로 시집갔지만 기다리는 것은 역시 가난과 끝없이 몰려드는 독립군들 뿐이었다. "집에는 항상 손님이 많았는데 땟거리는 부족했다. 삼시 세끼가 녹록지 않았다. 점심준비를 위해 어느 땐 중국인에게서 밀을 사다가 마당의 땡볕에 앉아서 맷돌로 가루를 내어 반죽해서 국수를 해먹었는데 고명거리가 없어 간장과 파만 넣었다. 양식이 없던 어느 해는 좁쌀도 없어 뜬 좁쌀로 밥을 해먹었는데 그것으로 밥을 해놓으면 색깔도 벌겋고 곰팡내가 나서 아주 고약하다.”

가족과 함께 망명길에 나선 여성들의 삶은 끼니때가 가장 고역
스러웠다. 그것은 허은 여사만 겪은 것은 아니었다. 상해 뒷골목
에서 버려진 배추 겉껍질을 주워 독립군의 밥 수발을 해대던 김
구 어머니 곽낙원 여사가 그랬고 우당 이회영 부인 이은숙 여사
도 입쌀밥은커녕 곰팡내 나는 좁쌀 밥조차 배불리 해먹을 수 없
었다고 회상한 데서 당시 망명자들의 극심한 식량난을 이해할
수 있다. 끼니를 때울 식량만이 문제가 아니었다. 땔나무도 부족
했던 시절이라 가장이 독립운동 하러 나간 집에서 이러한 일들
은 모두 여성들의 몫이었다. 밤낮으로 이어지는 육체노동에 허은
여사는 급기야 쓰러졌다.

“시집온 다음해에 한번은 감기가 들었으나 누워서 쉴 수가 없
다. 무리를 했던지 부뚜막에서 죽 솥으로 쓰러지는 걸 마침 시고
모부가 보시고는 얼른 부추겨 떠메고 방에 눕혔는데 다음날도 못
일어났다. 그때가 열일곱 때였다.” 그러나 이러한 일들은 한 가족
을 먹여 살리기 위한 것만이 아니었다. 집안에 밀려드는 독립투
사들을 건사해야 하는 일들이야말로 그들 자신이 독립군이 아니
면 안 되었던 것이다.

“매일 같이 회의를 했다. 3월 초 이 집으로 이사 오고부터 시작
한 서로군정서(西路軍政署)회의가 섣달까지 이어졌다. 서로군정
서는 서간도 땅에서 독립정부 역할을 하던 군정부가 나중에 임
시정부 쪽과 합치면서 개편된 조직이다... 통신원들이 보따리를
짊어지고 춥고 덥고 간에 밤낮으로 우리집을 거쳐 갔다. 전 만주
정객(政客)들 끼니는 집에서 해드릴 때가 많았고 가끔 나가서 드
실 때도 있었다....이때 의복도 단체로 만들어서 조직원들에게 배
급했다. 부녀자들이 동원되어 흑광목과 솜뭉치를 산더미처럼 사

서 대량생산을 했다....나도 옷을 숱하게 만들었다. 그 중에도 김동삼, 김형식 어른들께 손수 옷을 지어 드린 것은 지금도 감개무량하다."

독립군들에게 밥을 지어주고 옷을 지어 공급했으니 그것은 이미 개인사를 뛰어넘은 독립운동사의 생생한 기록인 것이다. "1910년대 서간도에서 여성문제에 관하여 써놓은 자료는 드물다. 남성중심의 사회이자 준 전투적 집단이어서 주로 일반 주민 모두를 대상으로 하였거니와 남성만을 대상으로 하여 여러 가지 논의가 전개되었기 때문이다."라고 지적한 서중석 교수의 말처럼 당시의 상황을 증언하고 있는 이러한 자료들이야말로 편향된 남성들의 독립운동에서 시각을 돌려 여성들의 숭고한 독립운동사를 되새길 소중한 자료가 아니고 무엇이랴!

99칸 고래 등 같은 집을 놔두고 빼앗긴 국권을 찾아 만주 허허벌판의 풍찬노숙 속에 식구들을 보듬어야 했던 이 시대의 여성들은 그러나 광복된 조국에서 또다시 역사의 뒤안길에서 허덕여야 했으니 이를 시대상황으로 치부해 버리기엔 너무나 가슴 아픈 역사요, 독립운동 가족에 대한 푸대접이었다.

"초상 때도 식구들은 굶고 있었다. 초상 당하고 법이한테라도 알린다고 애들을 보냈더니 보리쌀 한 말 하고 장과 밴댕이젓 조금을 보내주었다. 송장은 한쪽에 뻐들쳐 놓고 그걸로 보리쌀 한 솥 삶아 발 뻗고 애들하고 먹었다. 그러고 나니 눈이 조금 떠지더라. 목숨이란 게 참으로 모질다는 생각이 들었다." 이십여 년을 만주벌에서 독립운동을 하고 귀국한 남편은 모진 고문 등으로 병을 얻어 약한 첩도 못해 먹고 1952년 6월 8일 46살의 나이로 끝내 숨을 거두었다. 남겨진 것은 올망졸망한 아이들과 장례 치를 관하나 살돈도 없는 가난이었다.

"원수의 육이오 / 피난처 충남에서 / 남편이 병사하니 / 미성년 형제자매 / 누세 종택 큰 문호(門戶)를 / 내 어찌 감당 하리 / 유유창천(悠悠蒼天) 야속하고 / 가운(家運)이 비색(悲色)이라" 허은 여사가 예순여섯에 지은 노래 '회상'에는 얄궂은 운명 속을 헤쳐 나온 이야기가 고스란히 들어 있다.

거센 역사의 소용돌이 속에서도 꼿꼿한 선비 집안의 어머니요, 아내요, 며느리로 흔들림 없는 삶을 살다간 허은 여사의 삶이야 말로 광복된 조선을 있게 당당한 독립군의 삶 그 이상이었음을 지나쳐서는 안 될 것이다.

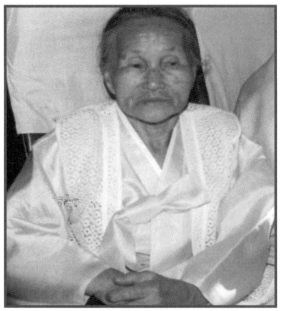

▲물색 고운 한복을 입고 꿈에도 그리던 조국의 품 안에서 생전의 허은 여사

대한민국임시정부 초대국무령(대통령)
시할아버지 석주 이상룡과 안동사람들

  석주 이상룡은 안동의 대표적인 항일독립운동가다. 1858년에 태어난 그는 고성 이씨 17세 종손으로 당대 퇴계학맥을 대표한 안동 최고의 유학자이자 독립의병장 서산 김흥락의 제자다. 서산의 영향을 받은 석주는 젊을 때부터 의병활동에 투신했다. 그는 안동에서 계몽운동을 펼치다 경술국치 후 나라가 통째로 일제의 손에 넘어가자 더는 국내에 머무르길 거부하고, 애국지사들과 만주에서 독립군기지를 설립하기로 뜻을 모았다.

  1911년 99칸 고래 등 같은 임청각을 떠나기에 앞서 안동에서 가장 먼저 노비문서를 불사르고 상투를 잘랐다. 이상룡은 서간도에서 이회영·이시영·이동녕 등과 함께 경학사와 신흥무관학교, 백서농장을 세웠다. 이때 들어간 독립군기지 건립과 무기구입 자금에 우당 이회영 일가의 재산 600억 원과 석주의 재산 400억 원 등이 들어갔다고 한다. 몸도 재산도 다 독립운동에 바친 이상룡은 당숙 이승화를 포함한 아들 이준형, 손자 이병화까지 4대가 독립운동에 투신했다. 그의 두 동생과 조카를 비롯해 이 집안에서만 9명의 독립유공자가 나왔다.

  석주는 이후 서로군정서 독판, 상해임시정부 초대 국무령(초대 대통령)에 선출돼 독립운동단체들의 하나됨에 힘썼다. 그의 손자며느리 허은의 회고록 《아직도 내 귀엔 서간도 바람소리가》에는 만주에서 겪은 파란만장한 집안의 역사가 담겨 있다. 허은 여사는 왕산 허위가 재종조부이며, 이육사의 모친이 그의 고모다.

석주의 처남인 백하 김대락은 66세의 노구에도 만삭의 손부·손녀를 대동한 채 석주에 앞서 만주로 떠났다. 일제의 마수가 삼켜버린 조선땅에서는 아이도 낳을 수 없다는 단호함에 손부와 손녀는 눈보라 치는 서간도 망명길에서 아이를 낳았다. 안동을 떠나면서부터 그가 3년 동안 쓴 '백하일기'에는 험난한 노정과 이주민들의 생활상이 자세히 담겨있다. 이 망명일기는 귀중한 사료로 평가받고 있다.

김대락의 매제이며 향산 이만도의 아들인 이중업은 파리장서(1919년 프랑스 파리평화회의에 보내려고 유림 137명이 서명한 독립청원서)를 주도한 사람이다. 그의 누이는 여성으로서 안동에서 유일하게 건국훈장을 받은 김락 여사다. 또 백하를 모시고 만주로 간 아들 월송(月松) 김형식은 종형인 김만식·김정식 등과 함께 고모부인 이상룡을 끝까지 도우며 독립운동을 펼친 인물이다.

협동학교의 교사로 활약하기도 한 그는 하얼빈 취원창에서 민족학교 교장을 지냈다. 그는 사회주의 독립운동에도 가담해 1944년에는 조선독립동맹북만지부 책임자를 맡기도 했으며, 광복 후 1948년 김구와 김일성이 만난 남북연석회의 때는 임시의장 자격으로 사회를 봤다. 그는 북에 살면서 김일성의 남침을 반대해 금강산으로 유폐되었다가 1950년 미군이 진군할 즈음 금강산에서 자결했다고 알려진다.

내앞(안동시 임하면 천전리 '川前里') 출신 중 일송 김동삼을 빼고는 만주지역 독립운동역사를 논할 수 없다. 그는 서간도 망명 후 석주의 일을 돕다 독립군 비밀군영인 백서농장을 세웠다. 그 후 서로군정서 참모장으로 청산리 전투에 참전했으며 경신참변 후 흩어진 독립군을 모아 통의부를 창설, 총장에 올랐다. 1923년 상해에서 열린 국민대표 대회 때 서로군정서 대표로 참가했고, 전만통일회의 의장으로 독립운동단체의 통합에 힘썼다. 1927년 김좌진·이청천 등이 정의부, 신민부, 참의부를 합해 민족유일당촉진회를 주최했을 때 그는 의장에 선출됐다. 김동삼은 '만주의 호랑이' 로 불릴 만큼 활동 반경이 넓었다. 그러나 그는 1931년 사돈 이원일과 함께 왜경에게 붙잡혀 향년 60세에 1937년 서대문형무소에서 옥사했다.

　　　-"안동에서 하얼빈까지" 영남일보, 2007.11.7, 박진관 기자 -

▲ 대한민국 임시정부 초대 국무령(대통령) 석주 이상룡 선생

▲ 안동 임청각(보물 182호)은 석주 선생의 생가

불멸의 독립운동 여류 거물
황애시덕

피폐한 식민지 농촌에 새싹 심듯
안산 샘골의 상록수 주인공 최용신 길러내며
무지한 농촌을 깨우친 힘은
골수 깊은 나라 사랑 정신일세

열세 살 소녀 단식하며 학교 가길 소원하니
아버지도 어머니도 두 손 든 딸
장차 커서 조국의 기둥 되었네

어떠한 압제에도 굴하지 않고
늘 푸른 소나무와
곧은 대쪽 닮은 정신으로 만든 송죽회
그 속에서 겨레 혼 겨레 넋
담아내며 키워 낸 인재

삼천리 방방곡곡 새순 돋듯 퍼져 나가
광복의 푸른 숲
너른 그늘 드리웠다네.

황애시덕 (黃Esther, 애덕(愛德):1892.4.19~1971.8.24)

황애시덕은 황에스터라고도 불리는데 그의 어머니가 여섯째 딸 신덕을 낳고 사흘 동안 후산(後産, 해산 한 뒤 태를 낳음)을 못 해 사경을 헤맬 때 읍내의 미국인 홀 의사가 왕진을 와서 순산을 도운 인연으로 온 집안이 기독교 신자가 되었다. 이때 아기의 세례명은 펄이었고 확실, 간레(가운데)로 불리던 넷째 딸은 황에스터라는 세례명을 받았다. 순전히 동생의 난산으로 기독교에 입교하는 바람에 붙은 이름이었다. 한자로는 예수다(禮須多) 또는 애시덕(愛施德), 애덕(愛德)으로 불렸다.

1904년 작은 두 동생은 학교에 보냈으나 13살이던 애시덕은 열 살 넘은 처녀라고 학교에 보내지 않았다. 언니들은 이미 혼인했고 혼자 남은 애시덕은 아버지께 학교에 보내달라고 단식 투쟁을 벌여 결국 정진소학교 상급반으로 편입할 만큼 어렸을 때부터 고집이 보통이 아니었다.

소학교 졸업 뒤 곧 이화학당에 들어갔고 그 뒤 평양의 숭의여학교(崇義女學校) 교사로 부임하여 학생들에게 민족정신을 북돋우는 교육에 온 정성을 쏟았다. 3년 뒤 동료교사 김경희와 교회 친구 안정석과 더불어 비밀결사대인 송죽회(松竹會)를 만들고, 애국사상이 깊은 학생들을 가려 뽑아 정신교육을 강화시키고 송죽회의 자회(子會) 설립을 지도하면서 동시에 군자금을 마련하여 중국의 항일독립단체에 보냈다.

이후 1918년 선교사 홀(Hall, R. S.)의 권유로 동경여자의학전문학교에 입학하였다. 마침 유학길에 남대문 역에서 김마리아를 만나 평생 독립운동의 동지가 되었다. 김마리아는 동경여자학원에 다녔다. 의기투합이 된 두 사람은 현덕신· 송복신 ·정자영 등과 학흥회를 조직하여 유학생 사이에 배일사상을 북돋우고 애국심을 높이는 데 노력하였다.

1919년 2월 6일의 동경유학생회에서 남녀는 두 개의 수레바퀴와 같은 것이므로 독립운동에 여성도 참여하여야 할 의무가 있음을 열변하였으며, 2·8독립선언에 참여하였다. 주동학생으로 경찰에 잡혔다가 풀려나자, 파리강화회의에 한국 여성대표를 파견할 임무를 띠고 몰래 입국하여 활약하였다. 여성대표로는 신마실라(申麻實羅)가 선정되었는데, 그의 여비 마련을 위하여 노파·일본 여인 등으로 변장하여 지방 연고지를 찾아 돈을 모았다.

3·1만세운동이 전국으로 확대되어가는 가운데 3월 19일 일본경찰에 잡혀 그해 8월까지 옥고를 치렀다. 출옥 뒤 여성계의 독립운동이 부진함을 개탄하던 김마리아와 더불어 애국부인회를 확대 재조직하고 총무직을 맡아 뛰었다. 그러나 상해 임시정부로의 군자금 보내는 것 등 애국부인회의 실상이 일본경찰에 들켜 애국부인회 임원이 모두 검거되는 사태를 맞았고 이때 대구경찰서에 다시 수감되었다.

재판 결과 3년형을 선고받고 감옥생활을 하면서 동포 죄수들을 앞장서 계몽하였다. 형기 1년을 남기고 가출옥한 뒤, 이화학당 대학부 3학년에 편입하였고, 졸업 뒤 모교의 사감 겸 교사를 지냈다.

1925년 미국으로 유학하여 콜롬비아대학에서 교육학석사를 받고, 1928년 귀국한 뒤 이듬해 4월 감리교여자신학교 농촌과장으로 취업하였다. 겨울방학 때는 학생 두 명씩 짝을 지어 일선 곳곳에 농촌계몽부대를 보내 실태조사를 시켰으며 여름방학에는 수안, 수원, 신계, 곡산, 예산으로 책임자를 보냈다. 그 유명한 심훈

의 상록수 주인공인 최용신이 수원의 샘골로 파견된 것은 바로
이때다.

광복 뒤 여성단체협의회를 조직하여 여성문제를 푸는데 노력하
였으며, 6·25 한국전쟁 중에는 마침 미국에 있었으므로 미국의
12개 주를 돌면서 구호품을 모아 조국으로 보냈다. 1952년에 귀
국하여 한미기술학교를 설립한 뒤 전쟁미망인과 고아를 위한 기
술교육을 하였으며 1967년 3·1여성동지회를 만들어 항일운동에
서 활약한 여성동지들의 힘을 모으는 등 여성의 권익과 발전에
앞장선 삶을 살았다.

-네가 하는 일에 최선을 다하라. 성불성은 불문이다.
-선악간에 내가 심은 것은 언제든지 그대로 거둔다
-이상이 위대할 수록 그 실현의 때는 멀다
-밀 한 알이 떨어져 썩지 않으면 열매를 맺지 못한다.

라는 생활신조를 황애시덕 여사는 평생 가슴에 새기며 성실한
삶을 살았다. 정부는 그의 공훈을 기려 1990년 애국장을 추서하
였다.

▲ 대구 감옥소에서 나온 뒤의 대한민국 애국부인회 간부들(1922)
뒷줄 오른쪽이 황애시덕 (사진제공 연동교회)

〈더보기〉

불멸의 독립운동 여류 거물 "황애시덕"

"김마리아, 朴仁德, 黃愛施德 이 세 분은 1919년을 기억하는 이 땅 인사에게 가장 불멸의 기억을 남겨준 여류거물들이다. 그 중에 黃愛施德 여사는, 작년 봄에 米國 컬럼비아 대학의 학위를 엇고 맨처음으로 귀국하엿고 이제 朴仁德 여사마저 또한 만인이 讚仰하는 속에서 비둘기 가치 어엽분 자태를 이땅 하늘 우에 나타내엇고 ─ 오직 亞米利加의 이방에는 김마리아가 혼저 남어 잇는 터이나 그도 또한 不遠한 장래에 넷날의 둥수리로 뛰어올 터이니 엇전지 우리들은 시집 보내엇든 딸 삼형제가 한날 한시에 꼿가마 타고 친정으로 도라와준 듯 한끗 반갑다. 이 세 閣氏는 말하자면 반도의 애인이엇든 까닭이다. 〈중략〉

여성단체로 가장 큰 것을 곱자면 사회운동단체로 槿友會가 잇고 불교측으로 불교여자청년회가 잇고 그리고 기독교측으로 청년회연합회가 잇다. 이 기독교여자청년회연합회는 그 사무소를 서울 종로 중앙청년회관 안에 두고 13道 각지의 여자청년회를 통할 運轉하고 잇는데 그의 최고 책임자가 우리가 지금 말하려는 黃愛施德 씨다. 亞米利加의 유학을 마치고 도라온 것이 작년 이른 봄. 〈중략〉 그의 절친한 동지는 아직 亞米利加에 가 잇는 김마리아 그리고 10월 6일 서울에 도라온 朴仁德 여사다. 이제 朴여사마저 여자청년회연합회를 근거 삼고 일하겟다하니 두 손벽은 마저질 것이다.

黃愛施德 씨에는 特長이 잇다. 德이 잇는 것과 조직의 智略

이 놀납게 잇는 점이다.

그리고 그는 功을 급히 하지 안고 퍽으나 겸손한 천성을 가지고 잇다. 뒤에서 모든 일을 계획하여 그 일이 성공되면 그것은 표면에 내세우든 그 사람의 功에 전부 돌려버린다.

勇將이 不如智將이오 智將이 不如德將이란 말도 잇지만 黃여사는 勇과 智도 가지고 잇스나 남에게 제마다 업는 德까지 마저 가지고 잇다. 그것이 今後의 大成을 기대케 하는 소치다.

또 「올가나이자」로서 그의 才華을 볼 것은 이미 10년 전의 경험에서 알엇다. 그도 사상상 색채를 따진다면 민족주의자에 인도주의 색채를 다분히 가젓다 할 것이다.

그는 금년 봄에 결혼하엿다. 들니는 말에 부군은 저보다 나이 적다 하는데 올드 미쓰를 청산하신 뒤부터 전보다 활동하시는 품이 더욱 힘잇다고 전하니 다행한 일이다. 아무튼 昨今 兩年 사이에 조선 녀성사회에는 유력한 일꾼 두분을 마지하엿다. 고향은 平壤, 올에 서른다섯.

- 삼천리 제3권 제11호, 1931년 11월 01일 -

〈부록 1〉

〈이달의 독립운동가〉
1992년 1월 1일부터 ~ 2014년 2월까지

연도	1월	2월	3월	4월	5월	6월	7월	8월	9월	10월	11월	12월
1992년	김상옥	편강렬	손병희	윤봉길	이상룡	지청천	이상재	서 일	신규식	이봉창	이회영	나석주
1993년	최익현	조만식	황병길	노백린	조명하	윤세주	나 철	**남자현**	이인영	이장녕	정인보	오동진
1994년	이원록	임병찬	한용운	양기탁	신팔균	백정기	이 준	양세봉	안 무	조성환	김학규	남궁억
1995년	김지섭	최팔용	이종일	민필호	이진무	장진홍	전수용	김 구	차이석	이강년	이진룡	조병세
1996년	송종익	신채호	신석구	서재필	신익희	유일한	김하락	박상진	홍 진	정인승	전명운	정이형
1997년	노응규	양기하	박준승	송병조	김창숙	**김순애**	김영란	박승환	이남규	김약연	정태진	남정각
1998년	신언준	민긍호	백용성	황병학	김인전	이원대	**김마리아**	안희제	장도빈	홍범도	신돌석	이윤재
1999년	이의준	송계백	**유관순**	박은식	이범석	이은찬	주시경	김홍일	양우조	안중근	강우규	김동식
2000년	유인석	노태준	김병조	이동녕	양진여	이종건	김한종	홍범식	오성술	이범윤	장태수	김규식
2001년	기삼연	윤세복	이승훈	유 림	안규홍	나창헌	김승학	**정정화**	심 훈	유 근	민영환	이재명
2002년	곽재기	한 훈	이필주	김 혁	송학선	민종식	안재홍	남상덕	고이허	고광순	신 숙	장건상
2003년	김 호	김중건	유여대	이시영	문일평	김경천	채기중	권기옥	김태원	기산도	오강표	최양옥
2004년	허 위	김병로	오세창	이 강	**이애라**	문양목	권인규	홍학순	최재형	조시원	장지연	오의선
2005년	**최용신**	최석순	김복한	이동휘	한성수	김동삼	채응언	안창호	조소앙	김좌진	황 현	이상설
2006년	유자명	이승희	신홍식	엄항섭	**박차정**	곽종석	강진원	박 열	현익철	김 철	송병선	이명하
2007년	임치정	(정환직·서병희)	권동진	손정도	**조신성**	이위종	구춘선	정환직	박시창	권득수	주기철	윤동주
2008년	양한묵	문태수	장인환	김성숙	박재혁	김원식	안공근	유동열	**윤희순**	유동하	남상목	박동완
2009년	우재룡	김도연	홍병기	윤기섭	양근환	윤병구	**박자혜**	박찬익	이종희	안명근	장석천	계봉우
2010년	방한민	김상덕	차희식	염온동	**오광심**	김익중	이광민	이중언	권 준	최현배	심남일	백일규
2011년	신현구	강기동	이종훈	조완구	**어윤희**	조병준	홍 언	이범진	나태섭	김규식	문석봉	김종진
2012년	이 갑	김석진	홍원식	김대지	**지복영**	김법린	여 준	이만도	김동수	이희승	이석용	현정권
2013년	이민화	한상렬	양전백	김붕준	**차경신**	(김원국·김원범)	헐버트	강영소	황학수	이성구	노병대	원심창
2014년	김도현	구연영										

※ 밑줄 그은 굵은 글씨는 여성
※ 국가보훈처가 1992년부터 해마다 12명 이상을 월별로 선정한 것을 글쓴이가 정리함

〈부록 2〉 여성 서훈자 234명 독립운동가 (2013년 12월 31일 현재) - 가나다순

여성 서훈자 명단

이름	한자	태어난날	숨진날	유공자 인정받은날	훈격	독립운동계열
★강원신	康元信	1887년	1977년	1995	애족장	미주방면
강주룡	姜周龍	1901년	1932. 6.13	2007	애족장	국내항일
강혜원	康蕙園	1885.12.21	1982. 5.31	1995	애국장	미주방면
★고수복	高壽福	(1911년)	1933.7.28	2010	애족장	국내항일
고수선	高守善	1898. 8. 8	1989.8.11	1990	애족장	임시정부
고순례	高順禮	1930:19세	모름	1995	건국포장	학생운동
공백순	孔佰順	1919. 2. 4	1998.10.27	1998	건국포장	미주방면
★곽낙원	郭樂園	1859. 2.26	1939. 4.26	1992	애국장	중국방면
곽희주	郭喜主	1902.10.2	모름	2012	대통령표창	학생운동
구순화	具順和	1896. 7.10	1989. 7.31	1990	애족장	3.1운동
★권기옥	權基玉	1901. 1.11	1988.4.19	1977	독립장	중국방면
★권애라	權愛羅	1897. 2. 2	1973. 9.26	1990	애국장	3.1운동
김경희	金慶喜	1919:31세	1919. 9.19	1995	애국장	국내항일
★김공순	金恭順	1901. 8. 5	1988. 2. 4	1995	대통령표창	3.1운동
김귀남	金貴南	1904.11.17	1990. 1.13	1995	대통령표창	학생운동
김귀선	金貴先	1923.12.19	2005.1.26	1993	건국포장	학생운동
김금연	金錦연	1911.8.16	2000.11.4	1995	건국포장	학생운동
★김나열	金羅烈	1907.4.16	모름	2012	대통령표창	학생운동
김나현	金羅賢	1902.3.23	1989.5.11	2005	대통령표창	3.1운동
김덕순	金德順	1901.8.8	1984.6.9	2008	대통령표창	3.1운동
김독실	金篤實	1897. 9.24	모름	2007	대통령표창	3.1운동
★김두석	金斗石	1915.11.17	2004.1.7	1990	애족장	문화운동
★김락	金洛	1863. 1.21	1929. 2.12	2001	애족장	3.1운동
김마리아	金마利亞	1903.9.5	모름	1990	애국장	만주방면
★김마리아	金瑪利亞	1892.6.18	1944.3.13	1962	독립장	국내항일
김반수	金班守	1904. 9.19	2001.12.22	1992	대통령표창	3.1운동
김봉식	金鳳植	1915.10. 9	1969. 4.23	1990	애족장	광복군
김성심	金誠心	1883	모름	2013	애족장	국내항일
김성일	金聖日	1898.2.17	(1961년)	2010	대통령표창	3.1운동
★김숙경	金淑卿	1886. 6.20	1930. 7.27	1995	애족장	만주방면
김숙영	金淑英	1920. 5.22	2005.12.13	1990	애족장	광복군
김순도	金順道	1921:21세	1928년	1995	애족장	중국방면
★김순애	金淳愛	1889. 5.12	1976. 5.17	1977	독립장	임시정부

여성 서훈자 명단

이름	한자	태어난날	숨진날	유공자 인정받은날	훈격	독립운동계열
김신희	金信熙	1899.4.16	1993.4.23	2010	대통령표창	3.1운동
김씨	金氏	1899년	1919. 4.15	1991	애족장	3.1운동
★김씨	金氏	모름	1919. 4.15	1991	애족장	3.1운동
김안순	金安淳	1900.3.24	1979.4.4	2011	대통령표창	3.1운동
김알렉산드라	金알렉산드라	1885.2.22	1918.9.16	2009	애국장	노령방면
김애련	金愛蓮	1902. 8.30	1996.11.5	1992	대통령표창	3.1운동
김영순	金英順	1892.12.17	1986.3.17	1990	애족장	국내항일
김옥련	金玉連	1907. 9. 2	2005.9.4	2003	건국포장	국내항일
김옥선	金玉仙	1923.12. 7	1996.4.25	1995	애족장	광복군
김옥실	金玉實	1906.11.18	1926.6.2	2012	대통령표창	학생운동
김온순	金溫順	1898	1968.1.31	1990	애족장	만주방면
김용복	金用福	1890	모름	2013	애족장	국내항일
김원경	金元慶	1898	1981.11.23	1963	대통령표창	임시정부
김윤경	金允經	1911. 6.23	1945.10.10	1990	애족장	임시정부
★김응수	金應守	1901. 1.21	1979. 8.18	1995	대통령표창	3.1운동
김인애	金仁愛	1898.3.6	1970.11.20	2009	대통령표창	3.1운동
★김점순	金点順	1861. 4.28	1941. 4.30	1995	대통령표창	국내항일
김정숙	金貞淑	1916. 1.25	2012.7.4	1990	애국장	광복군
김정옥	金貞玉	1920. 5. 2	1997.6.7	1995	애족장	광복군
★김조이	金祚伊	1904.7.5	모름	2008	건국포장	국내항일
김종진	金鍾振	1903. 1.13	1962. 3.11	2001	애족장	3.1운동
김죽산	金竹山	1891	모름	2013	대통령표창	만주방면
김치현	金致鉉	1897.10.10	1942.10. 9	2002	애족장	국내항일
김태복	金泰福	1886년	1933.11.24	2010	건국포장	국내항일
김필수	金必壽	1905.4.21	(1972.11.23)	2010	애족장	국내항일
★김향화	金香花	1897.7.16	모름	2009	대통령표창	3.1운동
★김현경	金賢敬	1897. 6.20	1986.8.15	1998	건국포장	3.1운동
★김효숙	金孝淑	1915. 2.11	2003.3.24	1990	애국장	광복군
나은주	羅恩周	1890. 2.17	1978. 1. 4	1990	애족장	3.1운동
★남자현	南慈賢	1872.12.7	1933.8.22	1962	대통령장	만주방면
남협협	南俠俠	1913	모름	2013	건국포장	
★노순경	盧順敬	1902.11.10	1979. 3. 5	1995	대통령표창	3.1운동
★노영재	盧英哉	1895. 7.10	1991.11.10	1990	애국장	중국방면
★동풍신	董豊信	1904	1921	1991	애국장	3.1운동
문복금	文卜今	1905.12.13	1937. 5.22	1993	건국포장	학생운동
문응순	文應淳	1900.12.4	모름	2010	건국포장	3.1운동

여성 서훈자 명단

이름	한자	태어난날	숨진날	유공자 인정받은날	훈격	독립운동계열
★문재민	文載敏	1903. 7.14	1925.12.	1998	애족장	3.1운동
민영숙	閔泳淑	1920.12.27	1989.03.17	1990	애국장	광복군
민영주	閔泳珠	1923.8.15	생존	1990	애국장	광복군
민옥금	閔玉錦	1905. 9. 5	1988.12.25	1990	애족장	3.1운동
박계남	朴繼男	1910. 4.25	1980. 4.27	1993	건국포장	학생운동
박금녀	朴金女	1926.10.21	1992.7.28	1990	애족장	광복군
박기은	朴基恩	1925. 6.15	생존	1990	애족장	광복군
박복술	朴福述	1903.8.30	모름	2012	대통령표창	학생운동
박승일	朴昇一	1896.9.19	모름	2013	애족장	국내항일
박신애	朴信愛	1889. 6.21	1979. 4.27	1997	애족장	미주방면
박신원	朴信元	1872년	1946. 5.21	1997	건국포장	만주방면
★박애순	朴愛順	1896.12.23	1969. 6.12	1990	애족장	3.1운동
★박옥련	朴玉連	1914.12.12	2004.11.21	1990	애족장	학생운동
박우말례	朴又末禮	1902. 3.13	1986.12.7	2011	대통령표창	3.1운동
박원경	朴源炅	1901.8.19	1983.8.5	2008	애족장	3.1운동
★박원희	朴元熙	1898.3.10	1928.1.5	2000	애족장	국내항일
박음전	朴陰田	1907.4.14	모름	2012	대통령표창	학생운동
박자선	朴慈善	1880.10.27	모름	2010	애족장	3.1운동
★박자혜	朴慈惠	1895.12.11	1944.10.16	1990	애족장	국내항일
박재복	朴在福	1918.1.28	1998.7.18	2006	애족장	국내항일
박정선	朴貞善	1874	모름	2007	애족장	국내항일
★박차정	朴次貞	1910. 5. 7	1944. 5.27	1995	독립장	중국방면
박채희	朴采熙	1913.7.5	1947.12.1	2013	건국포장	학생운동
박치은	朴致恩	1886. 6.17	1954.12. 4	1990	애족장	국내항일
★박현숙	朴賢淑	1896	1980.12.31	1990	애국장	국내항일
박현숙	朴賢淑	1914.3.28	1981.1.23	1990	애족장	학생운동
★방순희	方順熙	1904.1.30	1979.5.4	1963	독립장	임시정부
백신영	白信永	모름	모름	1990	애족장	국내항일
백옥순	白玉順	1911. 7. 3	2008.5.24	1990	애족장	광복군
부덕량	夫德良	1911.11.5	1939.10.4	2005	건국포장	국내항일
★부춘화	夫春花	1908. 4. 6	1995. 2.24	2003	건국포장	국내항일
송미령	宋美齡	모름	모름	1966	대한민국장	임시정부지원
송영집	宋永潗	1910. 4. 1	1984.5.14	1990	애국장	광복군
송정헌	宋靜軒	1919.1.28	2010.3.22	1990	애족장	중국방면
신경애	申敬愛	1907.9.22	1964.5.13	2008	건국포장	국내항일
신관빈	申寬彬	1885.10.4	모름	2011	애족장	3.1운동

여성 서훈자 명단

이름	한자	태어난날	숨진날	유공자 인정받은날	훈격	독립운동계열
신분금	申分今	1886.5.21	모름	2007	대통령표창	3.1운동
신순호	申順浩	1922. 1.22	2009.7.30	1990	애국장	광복군
★신의경	辛義敬	1898. 2.21	1997.8.11	1990	애족장	국내항일
신정균	申貞均	1899년	1931.7월	2007	건국포장	국내항일
★신정숙	申貞淑	1910. 5.12	1997.7.8	1990	애국장	광복군
★신정완	申貞婉	1917. 3. 6	2001.4.29	1990	애국장	임시정부
심계월	沈桂月	1916.1.6	모름	2010	애족장	국내항일
심순의	沈順義	1903.11.13	모름	1992	대통령표창	3.1운동
심영식	沈永植	1896. 7.15	1983.11. 7	1990	애족장	3.1운동
심영신	沈永信	1882. 7.20	1975. 2.16	1997	애국장	미주방면
★안경신	安敬信	1877	모름	1962	독립장	만주방면
안애자	安愛慈	(1869년)	모름	2006	애족장	국내항일
안영희	安英姬	1925. 1. 4	1999.8.27	1990	애국장	광복군
안정석	安貞錫	1883.9.13	미상	1990	애족장	국내항일
양방매	梁芳梅	1890.8.18	1986.11.15	2005	건국포장	의병
양진실	梁眞實	1875년	1924.5월	2012	애족장	국내항일
★어윤희	魚允姬	1880. 6.20	1961.11.18	1995	애족장	3.1운동
엄기선	嚴基善	1929. 1.21	2002.12.9	1993	건국포장	중국방면
★연미당	延薇堂	1908. 7.15	1981. 1. 1	1990	애국장	중국방면
★오광심	吳光心	1910. 3.15	1976. 4. 7	1977	독립장	광복군
오신도	吳信道	(1857년)	(1933.9.5)	2006	애족장	국내항일
★오정화	吳貞嬅	1899. 1.25	1974.11. 1	2001	대통령표창	3.1운동
오항선	吳恒善	1910.10. 3	2006.8.5	1990	애국장	만주방면
★오희영	吳姬英	1924.4.23	1969.2.17	1990	애족장	광복군
★오희옥	吳姬玉	1926. 5. 7	생존	1990	애족장	중국방면
옥운경	玉雲瓊	1904.6.24	모름	2010	대통령표창	3.1운동
왕경애	王敬愛	(1863년)	모름	2006	대통령표창	3.1운동
유관순	柳寬順	1902.11.17	1920.10.12	1962	독립장	3.1운동
유순희	劉順姬	1926. 7.15	생존	1995	애족장	광복군
유예도	柳禮道	1896. 8.15	1989.3.25	1990	애족장	3.1운동
유인경	俞仁卿	1896.10.20	1944.3.2	1990	애족장	국내항일
윤경열	尹敬烈	1918.2.28	1980.2.7	1982	대통령표창	광복군
윤선녀	尹仙女	1911. 4.18	1994.12.6	1990	애족장	국내항일
윤악이	尹岳伊	1897.4.17	1962.2.26	2007	대통령표창	3.1운동
윤천녀	尹天女	1908. 5.29	1967. 6.25	1990	애족장	학생운동
윤형숙	尹亨淑	1900.9.13	1950. 9.28	2004	건국포장	3.1운동

여성 서훈자 명단

이름	한자	태어난날	숨진날	유공자 인정받은날	훈격	독립운동계열
★윤희순	尹熙順	1860	1935. 8. 1	1990	애족장	의병
이겸양	李謙良	1895.10.24	모름	2013	애족장	국내항일
★이광춘	李光春	1914.9.8	2010.4.12	1996	건국포장	학생운동
이국영	李國英	1921. 1.25	1956. 2. 2	1990	애족장	임시정부
이금복	李今福	1912.11.8	2010.4.25	2008	대통령표창	국내항일
이남순	李南順	1904.12.30	모름	2012	대통령표창	학생운동
★이명시	李明施	1902.2.2	1974.7.7	2010	대통령표창	3.1운동
이벽도	李碧桃	1903.10.14	모름	2010	대통령표창	3.1운동
★이병희	李丙禧	1918.1.14	2012.8.2	1996	애족장	국내항일
이살눔	李살눔	1886. 8. 7	1948. 8.13	1992	대통령표창	3.1운동
★이석담	李石潭	1859	1930. 5.26	1991	애족장	국내항일
★이선경	李善卿	1902.5.25	1921.4.21	2012	애국장	국내항일
이성완	李誠完	1900.12.10	모름	1990	애족장	국내항일
이소선	李小先	1900.9.9	모름	2008	대통령표창	3.1운동
이소제	李少悌	1875.11. 7	1919. 4. 1	1991	애국장	3.1운동
이순승	李順承	1902.11.12	1994.1.15	1990	애족장	중국방면
★이신애	李信愛	1891	1982.9.27	1963	독립장	국내항일
이아수	李娥洙	1898. 7.16	1968. 9.11	2005	대통령표창	3.1운동
★이애라	李愛羅	1894	1922.9.4	1962	독립장	만주방면
이옥진	李玉珍	1923.10.18	모름	1968	대통령표창	광복군
이의순	李義橓	모름	1945. 5. 8	1995	애국장	중국방면
이인순	李仁橓	1893년	1919.11월	1995	애족장	만주방면
이정숙	李貞淑	1898	1950.7.22	1990	애족장	국내항일
이혜경	李惠卿	1889	1968.2.10	1990	애족장	국내항일
이혜련	李惠鍊	1884.4.21	1969.4.21	2008	애족장	미주방면
이혜수	李惠受	1891. 1. 2	1961. 2. 7	1990	애국장	의열투쟁
이화숙	李華淑	1893년	1978년	1995	애족장	임시정부
이효덕	李孝德	1895.1.24	1978.9.15	1992	대통령표창	3.1운동
★이효정	李孝貞	1913.7.18	2010.8.14	2006	건국포장	국내항일
이희경	李희경	1894. 1. 8	1947. 6.26	2002	건국포장	미주방면
★임명애	林明愛	1886.3.25	1938.8.28	1990	애족장	3.1운동
★임봉선	林鳳善	1897.10.10	1923. 2.10	1990	애족장	3.1운동
임소녀	林少女	1908. 9.24	1971.7.9	1990	애족장	광복군
장경례	張慶禮	1913. 4. 6	1998.2.19	1990	애족장	학생운동
장경숙	張京淑	1903. 5.13	모름	1990	애족장	광복군
장매성	張梅性	1911	1993.12.14	1990	애족장	학생운동

여성 서훈자 명단

이름	한자	태어난날	숨진날	유공자 인정받은날	훈격	독립운동계열
장선희	張善禧	1894. 2.19	1970. 8.28	1990	애족장	국내항일
장태화	張泰嬅	1878	모름	2013	애족장	만주방면
전수산	田壽山	1894. 5.23	1969. 6.19	2002	건국포장	미주방면
★전월순	全月順	1923. 2. 6	2009.5.25	1990	애족장	광복군
전창신	全昌信	1900. 1.24	1985. 3.15	1992	대통령표창	3.1운동
전흥순	田興順	모름	모름	1963	대통령표창	광복군
정막래	丁莫來	1899.9.8	1976.12.24음	2008	대통령표창	3.1운동
정영	鄭瑛	1922.10.11	2009.5.24	1990	애족장	중국방면
정영순	鄭英淳	1921. 9.15	2002.12.9	1990	애족장	광복군
★정정화	鄭靖和	1900. 8. 3	1991.11.2	1990	애족장	중국방면
정찬성	鄭燦成	1886. 4.23	1951. 7.	1995	애족장	국내항일
★정현숙	鄭賢淑	1900. 3.13	1992. 8. 3	1995	애족장	중국방면
★조계림	趙桂林	1925.10.10	1965. 7.14	1996	애족장	임시정부
★조마리아	趙마리아	모름	1927.7.15	2008	애족장	중국방면
조순옥	趙順玉	1923. 9.17	1973. 4.23	1990	애국장	광복군
★조신성	趙信聖	1873	1953. 5. 5	1991	애국장	국내항일
조애실	趙愛實	1920.11.17	1998.1.7	1990	애족장	국내항일
조옥희	曹玉姬	1901. 3.15	1971.11.30	2003	대통령표창	3.1운동
조용제	趙鏞濟	1898. 9.14	1948. 3.10	1990	애족장	중국방면
조인애	曺仁愛	1883.11. 6	1961. 8. 1	1992	대통령표창	3.1운동
조충성	曺忠誠	1896.5.29	1981.10.25	2005	대통령표창	3.1운동
★조화벽	趙和璧	1895.10.17	1975. 9. 3	1990	애족장	3.1운동
★주세죽	朱世竹	1899.6.7	(1950년)	2007	애족장	국내항일
주순이	朱順伊	1900.6.17	1975.4.5	2009	대통령표창	국내항일
주유금	朱有今	1905.5.6	모름	2012	대통령표창	학생운동
★지복영	池復榮	1920. 4.11	2007.4.18	1990	애국장	광복군
진신애	陳信愛	1900. 7. 3	1930. 2.23	1990	애족장	3.1운동
★차경신	車敬信	모름	1978.9.28	1993	애국장	만주방면
★차미리사	車美理士	1880. 8.21	1955. 6. 1	2002	애족장	국내항일
채애요라	蔡愛堯羅	1897.11.9	1978.12.17	2008	대통령표창	3.1운동
최갑순	崔甲順	1898. 5.11	1990.11.22	1990	애족장	국내항일
최금봉	崔錦鳳	1896. 5. 6	1983.11.7	1990	애국장	국내항일
최봉선	崔鳳善	1904. 8.10	1996.3.8	1992	애족장	국내항일
최서경	崔曙卿	1902. 3.20	1955. 7.16	1995	애족장	임시정부
★최선화	崔善嬅	1911. 6.20	2003.4.19	1991	애국장	임시정부
최수향	崔秀香	1903. 1.27	1984. 7.25	1990	애족장	3.1운동

여성 서훈자 명단

이름	한자	태어난날	숨진날	유공자 인정받은날	훈격	독립운동계열
최순덕	崔順德	1920;23세	1926. 8.25	1995	애족장	국내항일
최예근	崔禮根	1924. 8.17	2011.10.5	1990	애족장	만주방면
최요한나	崔堯漢羅	1900.8.3	1950.8.6	1999	대통령표창	3.1운동
★최용신	崔容信	1909. 8.	1935. 1.23	1995	애족장	국내항일
★최은희	崔恩喜	1904.11.21	1984. 8.17	1992	애족장	3.1운동
최이옥	崔伊玉	1926. 6.16	1990.7.12	1990	애족장	광복군
★최정숙	崔貞淑	1902. 2.10	1977. 2.22	1993	대통령표창	3.1운동
최정철	崔貞徹	1853. 6.26	1919.4.1	1995	애국장	3.1운동
★최형록	崔亨祿	1895. 2.20	1968. 2.18	1996	애족장	임시정부
★최혜순	崔惠淳	1900.9.2	1976.1.16	2010	애족장	임시정부
탁명숙	卓明淑	1895.12.4	모름	2013	건국포장	3.1운동
★하란사	河蘭史	1875년	1919. 4.10	1995	애족장	국내항일
하영자	河永子	1903. 6.27	1993.10. 1	1996	대통령표창	3.1운동
★한영신	韓永信	1887. 7.22	1969.2.20	1995	애족장	국내항일
한영애	韓永愛	1920.9.9	모름	1990	애족장	광복군
★한이순	韓二順	1906.11.14	1980. 1.31	1990	애족장	3.1운동
함연춘	咸鍊春	1901.4.8	1974.5.25	2010	대통령표창	3.1운동
홍씨	韓鳳周 妻	모름	1919. 3. 3	2002	애국장	3.1운동
★홍애시덕	洪愛施德	1892. 3.20	1975.10.8	1990	애족장	국내항일
황보옥	黃寶玉	(1872년)	모름	2012	대통령표창	국내항일
★황애시덕	黃愛施德	1892. 4.19	1971. 8.24	1990	애국장	국내항일

* 이 표는 국가보훈처 공훈전자사료관의 독립유공자 자료를 참고로 글쓴이가 정리한 것임.
* ★ 표시는 《서간도에 들꽃 피다》〈1〉〈2〉〈3〉〈4〉권에서 다룬 인물임

〈참고자료〉

【책】

『(사진으로 보는)獨立運動. 上-下 』 이규헌 해설, 서문당, 1987
『한국독립운동지혈사』 박은식, 남만성 역, 서문당, 1999
『한국 민족운동과 종교활동』 유준기, 국학자료원, 2001
『시대를 앞서간 제주여성』 제주여성특별위원회 [공편], 제주도, 2005
『제주해녀항일투쟁실록 』 제주해녀투쟁기념사업추진위원회, 1995
『濟州抗日獨立運動史』 제주도, 1996
『제주사인명사전』 김찬흡, 제주문화원, 2002
『한국의 해녀』 김영돈, 민속원, 1999
『(미래를 여는) 한국의 역사』 역사문제연구소, 웅진씽크빅, 2011
『인물로 보는 친일파 역사』 역사문제연구소, 역사비평사, 1993
『3·1 민족해방운동연구 5』 역사문제연구소, 청년사, 1989
『가슴에 품은 뜻 하늘에 사무쳐 : 西間島始終記 』 이은숙, 人物研究所,
  1981
『한국의 '근대'와 '근대성' 비판 』 역사문제연구소, 역사비평사, 1996
『韓國近代史料論』 윤병석, 一潮閣, 1979
『한국사이야기 21, 해방 그날이 오면』 이이화, 한길사, 2004
『이회영 평전 : 항일 무장투쟁의 중심, 자유정신의 아나키스트』 김삼웅,
책으로 보는 세상, 2011
『아산인물록』 온양문화원, 2009
『인물여성사』 한국편, 박석분, 박은봉 공저, 새날, 1994
『滿洲生活七十七年』 이해동, 명지출판사, 1990
『獨立有功者功勳錄 』 獨立有功者功勳錄 編纂委員會, 國家報勳處, 1996
『한민족의 독립운동사 』 조동걸 외 한국민족운동사연구회, 1990
『한국독립운동지혈사 』 박은식 지음, 김도형 옮김, 소명출판, 2008
『항일투사열전,1』 추경화, 도서출판청학사, 1995
『사진으로 보는 연동교회 110년사 』 고춘섭, 2004
『연동교회 애국지사 16인 열전』 고춘섭, 2009
『아나키스트 이회영과 젊은 그들』 이덕일, 웅진닷컴, 2001
『이회영』 김명섭, 역사공간, 2008

『신흥무관학교와 망명자들』서중석, 역사비평사, 2001

『매헌 윤봉길 평전』김학준, 민음사, 1992

『누구와 함께 지난날의 꿈을 이야기하랴』김학철, 실천문학사, 1994

『독립운동사 제10권 : 대중투쟁사』독립운동사편찬위원회, 1978

『독립운동사 제4권 : 임시정부사』독립운동사편찬위원회, 1972

『한국여성독립운동사』3·1여성동지회, 1990

『이화칠십년사(梨花七十年史)』이화칠십년사편찬위원회, 1955

『한국독립사』김승학, 독립문화사, 1966

『아직도 내 귀엔 서간도 바람소리가』허은, 변창애 기록,정우사,1995

『아직도 내 귀엔 서간도 바람소리가』허은, 변창애 기록, 민연, 2010

『여성을 넘어 아낙의 너울을 벗고』 최은희, 문이재, 2003

『우리나라 최초의 여기자』 박정희 글, 정수영 그림, 대한교과서, 2002

『씨뿌리는 女人』 최은희, 청구문화사, 1957

『祖國을 찾기까지』 上, 中, 下, 崔恩喜 編著, 探求堂, 1973

『조선미인보감』조선연구회 편저, 민속원, 2007

『차미리사 전집. 1-2』 한상권 편저, 덕성여자대학교 차미리사연구소, 2009

『차미리사 평전』한상권, 푸른역사, 2008

『신사참배 거부 항쟁자들의 증언』 김승태, 다산글방, 1993

『상하이 올드 데이스』박규원, 민음사, 2003

『선각자 단재 신채호』임중빈, 단재신채호선생추모사업회, 1986

『김마리아, 나는 대한의 독립과 결혼하였다』박용옥, 홍성사, 2003

『궁궐의 꽃 궁녀』신명호, 시공사, 2004

『친일인명사전. 1-3』 친일인명사전편찬위원회, 민족문제연구소, 2009

【인터넷과 신문】

이애라 애국지사 기사 〈중앙일보〉 2009.11.16

안성기생 〈자치안성신문〉 2011.10.3

안성기생 맹파, 화대 문제 〈중외일보〉 1927. 12. 31

안성기생 만세운동 〈매일신보〉 1919.4.3
김상옥 모친(김점순 애국지사) 동아일보 1923. 3. 15
신사참배 거부 항쟁자들의 증언(김두석 애국지사) 〈오마이뉴스〉 2009.2.7

공훈전자사료관 http://e-gonghun.mpva.go.kr
디지털용인문화대전 http://yongin.grandculture.net
국사편찬위원회 한국사데이터베이스, http://db.history.go.kr
한국역대인물종합시스템, http://people.aks.ac.kr
민족문제연구소 http://www.minjok.or.kr

【잡지·논문·기타】

〈신동아〉 1969년 4월호, 이규갑 (이애라)
〈삼천리〉 제8권 제8호 1936.8.1 안성기생 고비연
〈方氏大宗報〉 온양방 씨 대종보, 2003.5.22 '제3호 방순희 애국지사'
〈廣川董氏大同譜〉 상,하권, 2009, '동풍신 애국지사'
〈별건곤〉 제11호, 1928. 2. 1 차미리사 기사
〈한국여성광복군 오희영 재조명 심포지엄〉 2007.9.13 용인항일독립운동기념
사업회
〈용인지역 3·1운동의 전개와 특성〉2004.3.1 용인항일독립운동기념사업회
〈일제시대 우리나라 간호제도에 관한 보건사적 연구〉 이꽃메, 서울대 보건대학
원 박사학위 논문, 1999
〈일제강점기 박자혜의 독립운동과 독립운동가 아내로서의 삶〉윤정란, 이화사
학연구소, 2009
〈독립운동가 가족구성원으로 여성의 삶〉 한국문화연구 14, 2008
〈박자혜, 태업으로 항일한 간호원〉 '아아 3월' 여성동아편집부,1971
〈이화림, 조선의용대 여성대원〉 강영심, 여성이론, 통권 제11호 (2004. 겨울)

이윤옥 시인의 야심작
친일문학인 풍자 시집
《사쿠라 불나방》 1권

"영욕에 초연하여 그윽이 뜰 앞을 보니
꽃은 피었다 지고
머무름에 얽매이지 않는다

맑은 창공 밝은 달 아래
마음껏 날아다닐 수 있어도
불나비는 유독 촛불만 쫓고
맑은 물 푸른 숲에 먹을 것 가득하건만
수리는 유난히도 썩은 쥐를 즐긴다
아! 세상에 불나비와 수리 아닌 자
그 얼마나 될 것인고?

- '사쿠라불나방' 머리말 가운데 -

　이 시집에는 모두 20명의 문학인이 나온다. 이들을 고른 기준은 2002년 8월 14일 민족문학작가회의, 민족문제연구소, 계간 〈실천문학〉, 나라와 문화를 생각하는 국회의원 모임, 민족정기를 세우는 국회의원 모임이 공동 발표한 문학분야 친일인물 42명 가운데 지은이가 1차로 뽑은 20명을 대상으로 했다. 글 차례는 다음과 같다.

〈차 례〉

(가나다순)

1. 태평양 언덕을 피로 물들여라 〈김기진〉
2. 광복 두 시간 전까지 친일 하던 〈김동인〉
3. 성전에 나가 어서 죽으라고 외쳐댄 〈김동환〉

4. 왜 친일했냐 건 그냥 웃는 〈김상용〉

5. 꽃 돼지(花豚)의 노래 〈김문집〉

6. 뚜들겨라 부숴라 양키를! 〈김안서〉

7. 황국신민의 애국자가 되고 싶은 〈김용제〉

8. 님의 부르심을 받드는 여인 〈노천명〉

9. 국군은 죽어 침묵하고 그녀는 살아 말한다 〈모윤숙〉

10. 오장마쓰이를 위한 사모곡 〈서정주〉

11. 친일파 영웅극 '대추나무'는 나의 분신 〈유치진〉

12. 빈소마저 홀대받은 〈유진오〉

13. 이완용의 오른팔 혈의누 〈이인직〉

14. 조선놈 이마빡에 피를 내라 〈이광수〉

15. 내가 가장 살고 싶은 나라 조국 일본 〈정비석〉

16. 불놀이로 그친 애국 〈주요한〉

17. 내재된 신념의 탁류인생 〈채만식〉

18. 하루속히 조선문화의 일본화가 이뤄져야 〈최남선〉

19. 천황을 하늘처럼 받들어 모시던 〈최재서〉

20. 조국 일본을 세계에 빛나게 하자 〈최정희〉

※ 교보, 영풍, 예스24, 반디앤루이스, 알라딘, 인터파크 서점에서 구입하거나 〈도서출판얼레빗, 전화 02-733-5027, 전송 02-733-5028〉에서 구입할 수 있습니다. (대량 구입 시 문의 바랍니다)

전국 100 여 곳 언론에서 극찬한
이윤옥 시인의 《서간도에 들꽃 피다》 1권

화려한 도회지 꽃집에 앉아 본 적 없는
외로운 만주 벌판
찬이슬 거센 바람 속에서도
결코 쓰러지지 않는 생명력으로
조국 광복의 밑거름이 된
여성독립운동가들의 이야기

〈차 례〉

(가나다순)

1. 겨레의 큰 스승 백범 김구 길러 낸 억척 어머니 - 곽낙원

2. 황거를 폭격하리라, 한국 최초의 여자 비행사 - 권기옥

3. 독립운동가 3대 지켜 낸 겨레의 딸, 아내 그리고 어머니 - 김락

4. 수원의 논개 33인의 꽃 - 김향화

5. 무명지 잘라 혈서 쓴 항일의 화신 - 남자현

6. 부산이 낳은 대륙의 들꽃 - 박차정

7. 평남도청에 폭탄 던진 당찬 임신부 - 안경신

8. 개성 3·1 만세운동을 쥐고 흔든 투사 - 어윤희

9. 어두운 암흑기 임시정부의 횃불 - 연미당

10. 광활한 중국 대륙 여자 광복군 맏언니 - 오광심

11. 용인의 딸 류쩌우 열네 살 독립군 - 오희옥

12. 안사람 영혼 일깨운 춘천의 여자 의병대장 - 윤희순

13. 광주학생독립운동의 도화선 댕기머리 소녀 - 이광춘

14. 이육사 시신을 거두며 맹세한 독립의 불꽃 - 이병희

15. 일제의 여공 착취에 항거한 오뚜기 - 이효정

16. 열여섯 조선의용대 처녀 독립군 - 전월순

17. 압록강 너머 군자금 나르던 임시정부 안주인 - 정정화

18. 목숨이 경각인 아들을 앞에 둔 어머니 - 조 마리아

19. 가슴에 육혈포, 탄환, 다이너마이트를 품고 뛴 - 조신성

20. 한국의 잔다르크 지청천 장군의 딸 - 지복영

※ 교보, 영풍, 예스24, 반디앤루이스, 알라딘, 인터파크 서점에서 구입하거나 〈도서출판얼레빗, 전화 02-733-5027, 전송 02-733-5028〉에서 살 수 있습니다. (대량 구입 시 문의 바랍니다)

전국 100 여 곳 언론에서 극찬한
이윤옥 시인의 《서간도에 들꽃 피다》 3권

유관순열사에 대한 단행본은 17권에 이르며 학술연구 등의 논문은 150여 편을 넘습니다. 그러나 유관순열사와 똑 같은 나이인 17살에 만세운동에 참여하여 부모님을 여의고 서대문 형무소에서 죽어간 동풍신 애국지사는 논문 한 편, 기사 한 토막은커녕 그 이름 석 자를 기억하는 이조차 없는 게 현실입니다. 이렇게 이름이 알려지지 않은 20명의 여성독립운동가들을 찾아 3권에 담았습니다.

〈차 례〉

(가나다순)

1. 하와이 사탕수수밭에서 부른 광복의 노래 - 강원신

2. 조선여성의 애국사상을 일깨운 개성의 꽃 - 권애라

3. 총칼이 두렵지 않던 전주 기전의 딸 - 김공순

4. 댕기머리 열네 살 소녀가 외친 목포의 함성 - 김나열

5. 벽장 속에서 태극기 만들며 독립의지 불태운 통영의 - 김응수

6. 충남 공주의 만세운동 주동자 혹부리집 딸 - 김현경

7. 늠름한 대한의 여자광복군 - 김효숙

8. 총독부와 정면으로 맞선 간호사 - 노순경

9. 3·1만세 운동의 꽃 해주기생 - 문재민

10. 광주 3·1만세운동의 발원지 수피아의 자존심 - 박애순

11. 여성의식 향상과 민중계몽에 앞장 선 - 박원희

12. 백범이 인정한 여자광복군 1호 - 신정숙

13. 고양 동막상리의 만세 주동자 - 오정화

14. 열일곱 처녀의 부산 좌천동 아리랑 - 이명시

15. 황해도 평산의 의병 어머니 - 이석담

16. 다시 살아난 수원의 잔다르크 - 이선경

17. 조선총독 사이토를 처단하라 - 이신애

18. 광복군 뒷바라지한 만주의 어머니 - 정현숙

19. 임시정부의 한 떨기 꽃 - 조계림

20. 함평천지의 딸 상해애국부인회 대표 - 최혜순

영어·일본어·한시로 번역한
항일여성독립운동가 30인의 시와 그림 책
《나는 여성독립운동가다》 인기리에 판매 중!

〈시 이윤옥, 그림 이무성〉 도서출판 얼레빗

이윤옥 시인이 쓴 여성독립운동가를 기리는 시에 이무성 한국화가의 정감어린 그림으로 엮은 《나는 여성독립운동가다》에는 30명의 여성독립운동가들을 다루고 있으며 이들 시는 영어, 일본어, 한시 번역으로 되어있다.

〈차 례〉

(가나다순)

1. 겨레의 큰 스승 백범 김구 길러 낸 억척 어머니 - 곽낙원
2. 황거를 폭격하리라, 한국 최초의 여자 비행사 - 권기옥
3. 신사참배를 끝내 거부한 마산의 자존심 - 김두석
4. 독립운동가 3대 지켜 낸 겨레의 딸, 아내 그리고 어머니 - 김락
5. 종로경찰서에 폭탄 던진 김상옥 어머니 - 김점순
6. 수원의 논개 33인의 꽃 - 김향화
7. 무명지 잘라 혈서 쓴 항일의 화신 - 남자현
8. 남에는 유관순, 북에는 - 동풍신
9. 3·1만세운동의 꽃 해주기생 - 문재민
10. 광주 3·1만세 운동의 발원지 수피아의 자존심 - 박애순
11. 부산이 낳은 대륙의 들꽃 - 박차정
12. 대한민국임시의정원 홍일점 여장부 - 방순희
13. 빗창으로 다구찌 도지사 혼쭐낸 제주 해녀 - 부춘화
14. 백범이 인정한 여자 광복군 1호 - 신정숙
15. 평남도청에 폭탄 던진 당찬 임신부 - 안경신
16. 개성 3·1 만세운동을 쥐고 흔든 투사 - 어윤희
17. 고양 동막상리의 만세 주동자 - 오정화
18. 용인의 딸 열네 살 광복군 - 오희옥
19. 안사람 영혼 일깨운 춘천의 여자 의병대장 - 윤희순
20. 이육사 시신을 거두며 맹서한 독립의 불꽃 - 이병희
21. 암흑의 조국에 빛으로 우뚝 선 - 이애라
22. 열여섯 조선의용대 처녀 독립군 - 전월순
23. 압록강 너머 군자금 나르던 임시정부 안주인 - 정정화
24. 광복군 뒷바라지한 만주의 어머니 - 정현숙
25. 옥중의 아들 중근의 어머니 - 조 마리아
26. 가슴에 육혈포, 탄환, 다이너마이트를 품고 뛴 - 조신성
27. 한국의 잔 다르크 지청천 장군의 딸 - 지복영
28. 조선 여성을 무지 속에서 해방한 - 차미리사
29. 아직도 서간도 바람으로 흩날리는 들꽃 - 허은
30. 불멸의 독립운동 여류 거물 - 황애시덕

후원해 주신 여러분 고맙습니다.

이 책 출간에 인쇄비를 보태주신 여러 선생님의 도움으로 〈서간도에 들꽃 피다〉 2권이 세상에 나왔습니다. 고개 숙여 한 분한 분께 깊은 감사의 말씀을 올립니다. (가나다순, 존칭과 직함은 생략합니다.)

강은영, 경기성, 구본주, 권 현, 권혜순, 김기선, 김금숙, 김대웅, 김리박, 김순홍, 김소현, 김연진, 김용삼, 김영균, 김영조, 김원규, 김일진, 김재광, 김재민, 김좌훈, 김진한, 김창배, 김찬수, 김태호, 김호심, 노찬숙, 동래여고, 류현선, 모악회회원, 모정애, 문병준, 박동규, 박선옥, 박인환, 박정혜, 박진영, 박찬홍, 박청자, 박춘근, 박해전, 손영주, 송진복, 신광철, 신미숙, 신소연, 신용승, 안영봉, 오경수, 오창규, 유지숙, 윤종순, 윤왕로, 이나나, 이무성, 이병술, 이병철, 이승후, 이영희, 이 윤, 이종구, 이진숙, 이창은, 이항증, 이해학, 임채헌, 장은옥, 정명재, 정희순, 조경순, 조영임, 조지연, 진원식, 차갑수, 천경례, 최낙훈, 최미례, 최사묵, 최우성, 최평자, 최홍석, 한선희, 한효석, 허정분, 홍남숙, 황정자, 홍명숙, 홍정숙

저 혼자서는 벅찹니다. 이 땅의 여성 독립운동가들의 이야기인 〈서간도에 들꽃 피다〉를 초·중·고·대학과 각급 도서관에 널리 소개해주십시오. 그리고 앞으로 〈3권〉 작업이 이어 질 수 있도록 여러분의 따뜻한 사랑과 후원을 기다립니다.

책 한 권 값도 소중히 여기겠습니다.

· 후원계좌: 신한은행 110-323-678517 (도서출판 얼레빗)
·연락처: 02-733-5027 전송(팩스): 02-733-5028

서간도에 들꽃 피다 2권

초판 1쇄 4345년(2012) 2월 10일 펴냄
초판 2쇄 4345년(2012) 8월 15일 펴냄
초판 3쇄 4347년(2014) 3월 1일 펴냄

ⓒ이윤옥, 단기4345년(2012)

지은이 │ 이윤옥
표지디자인 │ 이무성
편집디자인 │ 정은희
박은 곳 │ 광일인쇄(02-2277-4941)
펴낸 곳 │ 도서출판 얼레빗
등록일자 │ 단기4343년(2010) 5월 28일
등록번호 │ 제000067호
주소 │ 서울시 종로구 새문안로 5가길 3-1 영진빌딩 703호
전화 │ (02) 733-5027
전송 │ (02) 733-5028
누리편지 │ pine9969@naver.com
ISBN │ 978-89-96493-3-0
            978-89-96493-4-7 (세트)

값 11,000원

* 잘못된 책은 바꿔드립니다.